中華飲酒詩選

青木正児

角川文庫
24146

目次

酔吟低唱

白楽天詩鈔　312

筑摩叢書版　再版の序

私は先に「中華飲酒詩選」を編し、また酒と肴に関する拙文を集めて「酒中趣」と題し、並に筑摩書房から出版した。幸い愛酒家諸彦の支持を得て版を重ねるに至り、この機会に詩選を筑摩叢書の一篇として普及したいとのこと、私は喜んでこれに同意した。

私の著書は古くさくて、黴《かび》が生えているので今の若い人には向かないらしい。京都のある懇意な書店主人の話では、先生の本を買うのは大抵四十歳以上の人です、という。しからば本書の如きは黴を好む人でなければ顧みないであろうから、一層読者が局限されるわけである。しかし黴というものは吾々酒徒に取っては大切なもので、黴が無ければ酒は出来ない。

中国には古くから五色の酒が造られていた。黄色白色のものの外に緑色紅色も皆その色は黴の作用である。諸君は餅に青黴の生えるのを先刻御承知のはずであるが、あのような黴を以てすると緑の酒が出来るわけである。紅色の酒も同様、琥珀色も葱白色も無論左様である。もし琥珀色がお好みなら、請う本書一九〇頁「客中作」の詩を吟ぜられよ。緑色ならば三四二頁「薔薇正開、春酒初熟」の詩を、紅色ならば四三九頁「将進酒」の詩を、白色ならば五〇五頁「白酒両瓶送崔侍御」の詩を誦せられよ。

再版本の端に一杯機嫌で一筆。

昭和三十九年初秋

酔迂叟《うそう》しるす

瓶盞三病——序にかえて——

麴世界　こうじ の せかい

酒天虚無、酒地緜邈、酒国安恬。無君臣貴賤之拘、無財利之図、無刑罰之避。陶陶焉、蕩蕩焉、其楽莫可得而量也。転而入于飛蝶、都則又瞢騰浩渺、而不思覚也。

酒天は虚無
酒地は緜邈《めんばく》
酒国は安恬《あんてん》。
君臣貴賤之《の》拘《かかわり》無く
財利之《の》図《はかる》無く
刑罰之《の》避《さくる》無し。
陶陶焉たり、
蕩蕩焉たり

其楽み得て量る可き莫《な》き也《なり》。
転じて飛蝶に入り
都《すべ》て則ち又瞢騰《ぼうとう》　浩渺《こうびょう》として、
——思覚せざる也。

酒天はうつろ
酒地ははるか
酒国はやすらか。
君臣貴賤の差別無く
財利を図る要も無く
刑罰を避ける要も無い。
らくらくと、やすやすと
その楽しみは量りきれない。
やがて飛蝶の群《むれ》に入って
ただもう、ややもやひろびろとして
——何も覚えなくなる。

瓶盞病　ちょうしさかずきのやまい

嗜飲者無早晩、無寒暑。楽固酔、愁亦如之。閒固酔、忙亦如之。肴核有無、醪醴善否、一不問。典当、抽挪、借貸、賖荷、一不卹。日必飲、飲必酔、酔不厭、貧不悔。俗号瓶盞病。徧掲本草、細検素問、只無此一種薬。

飲を嗜《たし》む者は早晩無く寒暑無く
楽めば固より酔い
愁うるも亦之《かく》の如し。
閒《かん》なれば固より酔い
忙《ぼう》なるも亦之《かく》の如し。
肴核《こうかく》の有無
醪醴《ろうれい》の善否、一も問わ不《ず》。
典当《てんとう》、抽挪《ちゅうだ》、借貸《しゃくたい》、賖荷《しゃか》、一も卹《うれ》え不《ず》。
日《ひび》に必ず飲み、飲めば必ず酔う、
酔うを厭わ不《ず》、貧しきを悔い不《ず》、

俗に瓶盞《へいさん》病と号す。
偏《あまね》く本草《ほんぞう》を掲し
細《こまか》に素問《そもん》を検するも
只此の一種の薬無し。

酒ずきは朝となく晩となく　寒いにつけ暑いにつけ
楽しいと云っては酔い
愁えても酔う。
閒《ひま》だと云っては酔い
忙しくても酔う。
肴の有る無し
酒の善し悪し、一切構わず。
質入れ、無心、
借金、掛け買い、一向平気で。
日ごと飲み、飲めば酔うまで
酔うを厭わず、貧しきを悔いず、
俗に銚子盃の病と名づける。

本草（薬物学書）を片端から掲《めく》っても
素問（古代の医書）を仔細に検《しら》べても
これに効《き》く薬ばかりは出ていない。

禍泉　わざわいのいずみ

置之缾中酒也。酌于杯、注于腸。善悪喜怒交矣、禍福得失歧矣。倘夫性昏志乱、胆脹身狂。平日不敢為者為之、平日不敢言者言之。言騰烟焰、事堕穽機。是豈聖人賢人乎。一言蔽之、曰禍泉而已。

之を缾《へい》中に置くは酒也《なり》。
杯于《に》酌み、腸于《に》注げば
善悪喜怒交わり
禍福得失歧《わか》る。
倘夫《もしそれ》性昏《くら》み志乱れ
胆脹《ふく》れ身狂えば、
平日敢て為さ不《ざ》る者之を為し

平日敢て言わ不《ざ》る者之を言う。
言《げん》は烟焰を騰《あ》げ
事《じ》は穽機《せいき》に堕つ。
是豈《あ》に聖人賢人ならん乎《や》。
一言に之を蔽《おお》えば
曰く禍泉《かせん》而已《のみ》。

瓶の中に入れてあるのは酒だ。
杯に酌んで、腸に注げば
善きも悪しきも、喜びも怒りも、一緒くた
禍と福《さいわい》と、得と損とが分れて来る。
もしも性根《しょうね》が昏《くら》み心が乱れ
胆《きも》が脹れて身が狂えば、
平生とても為られないことを為たり
平生とても言えないことを言ったり。
口は気焰を騰《あ》げて〔禍をまねき〕
身は穽機《おとしあな》に落ちて行く。

これが聖人賢人であってたまるか。
一言に云ってしまえば
禍の泉というやつさ。

＊魏の曹操が禁酒令を出した時、人々は清酒を「聖」濁酒を「賢」と暗号して飲んだと云う。この故事を指したのである。

右の三篇の文章は宋の陶穀《とうこく》の「清異録《せいいろく》」酒漿《しゆしよう》門に載せられている。これは「説郛」本に拠った。「宝顔堂秘笈」本は脱文が多い。

凡例

一、本書は周代から唐代までの飲酒の詩を選んだ。この期間におけるその代表的作者と認められる、陶淵明・李太白・白楽天の三人を中心とし、これにおのおのその前後の作品を附録して、「五柳嘯詠」「謫仙酣歌」「酔吟低唱」の三部に分けた。

二、訳文を二つに分け、初めには直訳を、次には意訳を記した。直訳は、なるべく原詩の感じを伝えたいので、音読を多くし、訓読を少くした。意訳は、解釈のつもりで添えたので、なるべく平易な言葉を用いるように心掛けた。

三、難読の字には振り仮名を附けるようにした。

四、古詩の全篇と律詩のうち若干篇とは、読者が理解し易いように、訳者の私意をもって章を分けた。長篇には段をも分けた。

五、本書は酒徒が酔余の朗詠に供するのが主なる目的なので、くだくだしい註は無用の長物とも考えたが、原文を研究してみようとする篤志家も存在することを予想して、やはりこれを添えることにした。

六、宋代以後の作品は、続編としてその編訳を他日に期する。

五柳嘯詠

陶淵明詩鈔

陶淵明《とうえんめい》、字《あざな》は元亮《げんりょう》。宋代になってから潜《せん》と名のり、淵明を字としたのであるという。潯陽《じんよう》（今の江西省九江県）柴桑里《さいそう》の人で、晋の哀帝の興寧三年に生れ、宋の文帝の元嘉四年に、六十三歳を以て卒した（西紀三六五〜四二七）。若きより貧しき為に官途に就いたが、性に合わないので、しばしば辞して田園に帰った。ついに四十一歳の時、彭沢《ほうたく》の県令を最後に官を退いて再び出でず、優遊自適して、詩に酒に憂を忘れて、安らかに天年を終えた。

かつて「五柳《ごりゅう》先生伝」と題する自叙伝を戯作した。意訳すれば左の如くである。

五柳先生伝

先生は何許《いずこ》の人か知れない。その姓《みょうじ》も字も詳らかでなく、宅の辺《ほとり》に五本の柳の樹があるによって五柳先生と号したのである。物静かで言葉少く、栄利を慕わない。読書を好むが、意味の詮索は余りやらず、気に入ったところがあると、喜んで食をも忘れる。天性酒を嗜めど、家が貧しくて、常に得られるわけでない。親戚故旧はこの事情を知っているので、時として酒席を設けてこれを招くことがあると、出かけて遠慮なく御馳走になる。ただ酔いさえすれば満足で、酔が廻れば、さっさと帰って行き、少しも未練はない。住居はあばら屋で、日は射し込み、風は吹き通す。短い粗服は穴だらけ継だらけ。飯櫃《めしびつ》はしばしば空になるが、一向平気である。日頃楽しみに詩文を作って、相当思うことを述べている。そして損得の念を忘れ、かくて一生を終る次第である。

賛辞にいう、古の高徳の士黔婁《けんりょ》の言うたことに「我は貧賤にくよくよせず、富貴にがつがつせぬ」とある。その言葉を吟味して見るに、五柳先生はこの人の仲間であろうか。酒酣《たけなわ》にして詩を賦《ふ》し、以てその心を楽しますのを見れば、太古の無懐氏《むかいし》時代の民であろうか、葛天氏《かってんし》時代の民であろうか。

停雲　たちこむる　くも

(序) 停雲、思親友也。罇湛新醪、園列初栄。願言不従、歎息弥襟。

(序) 停雲は親友を思うなり。罇《そん》には新醪《ろう》を湛《たた》え、園には初栄列《つら》なる。願《おも》うて言《われ》従われ不《ず》、歎息 襟《むね》に弥《み》つ。

(序) 停雲は親友を思う詩である。罇には出来たての濁酒を湛え、園には咲きそめた花が列んでいる。〔親友と一緒に飲みたいと〕思えども我《われ》ままならず、歎息《ためいき》で胸が一ぱいになる。

◎これはこの詩の自序である。○**願言** 「詩経」邶風の終風篇などに用例のある語で、「詩経」の註に願は「思うなり」言は「我」と解かれている。○**不従** 我が思う通りにならぬ、ということか。解りにくい。

(一) 靄靄停雲、濛濛時雨。八表同昏、平路伊阻。静寄東軒、春醪独撫。良朋悠邈、搔首延佇。

（一）
靄靄《あいあい》たる停雲
濛濛《もうもう》たる時雨《しぐれ》。
八表《はっぴょう》同じく昏《くら》く
平路　伊《これ》阻《はば》む。
静に東軒に寄り
春醪《しゅんろう》　独り撫《ぶ》す。
良朋《りょうほう》　悠邈《ゆうばく》たり
首《こうべ》を搔いて延佇《えんちょ》す。

（一）
もやもやと鬱陶しく立ちこむる雲
もうもうと薄暗く煙る春雨《はるさめ》、
八方いずこも暗く
平《たい》ら路さえ往き来できない。
静に東の縁側に身を寄せて
春の濁酒を独り酌む。

親友の在所《ありか》は遠い
頭掻きつつ立ちつくす。

○**伊** 維と同じ。助辞。○**軒** 古くからノキと訓ずるが、実はノキシタ即ち縁側、もしくはヒジカケ窓の類と思われる。○**撫** 愛撫して酌《く》む。○**搔首** 困った時の表情である。「詩経」邶風、静女篇に見えている。○**延佇** 永くたたずむこと。

(二) 停雲靄靄、時雨濛濛。八表同昏、平陸成江。有酒有酒、閒飲東窓。願言懐人、舟車靡従。

(二) 停雲靄靄《あいあい》たり
時雨濛濛《もうもう》たり。
八表《はっぴょう》 同じく昏《くら》く
平陸 江を成す。
酒有り 酒有り
閒《のどか》に東窓に飲む、
願《おも》うて言《われ》 人を懐えど

舟車　従う靡《な》し。

（二）たちこむる雲はもやもやと鬱陶しく
煙る春雨はもうもうと薄暗い、
八方いずこも暗く
平地も川となった。
酒が有る　酒が有る
あんかんと東窓で飲む、
思うて我　友を懐えど
〔この雨では〕舟も車も動かせまい。

（三）東園之樹、枝条載栄。競用新好、以怡余情。人亦有言、日月于往。安得促席、
説彼平生。

（三）東園之《の》樹
枝条《しじょう》　載《はじめ》て栄《さか》ゆ。
競うて新好を用いて

以て余が情を怡《たのし》ましむ。
人も亦《また》言える有り
日月　于《ゆ》き征《ゆ》くと。
安《いず》くんぞ席を促《ちぢ》めて
彼《か》の平生を説くを得ん。

(三)
東の庭の樹《き》々《ぎ》は
大枝《おおえだ》　小条《こえだ》が栄えそめ、
競うて新芽を吹き花を咲かせ
わが心を楽しませてくれる。
人も言う通り
月日はずんずん過ぎて行く、
何とかして友と席《しきもの》を近寄せ
あの折の思い出を語りたいものだ。

○于　「詩経」周南桃夭《とうよう》篇の「之子于帰」の句の毛伝《もうでん》に「于は往也」とある。また助語と見て「ココに」と訓ずる説もある。この一句は徒らに春の過ぎ行くを惜しむ意である。**○席**　ムシロと訓ず、ゴザのたぐい。敷物である。唐以前は瓦敷か板の間にこの物を敷いて坐った。○促迫り近寄せること。促席とはお互の敷物を近寄せ、睦じく語ること。

(四)翩翩飛鳥、息我庭柯。斂翮閒止、好声相和。豈無他人、念子寔多。願言不獲、抱恨如何。

(四)翩翩《へんぺん》たる飛鳥
我が庭柯《か》に息《いこ》う。
翮《かく》を斂《おさ》めて閒《しずか》に止《とど》まり
好声《こうせい》 相《あい》和し。
豈《あ》に他人無からんや
子《し》を念うこと寔《まこと》に多し。
願《おも》うて言《われ》獲《え》ず
恨を抱くこと如何。

(四)ひらひらと飛ぶ鳥が
我が庭木の枝に休み、

羽根をすぼめて静かに止《と》まり
好い声で鳴きかわしている。
他に友達が無いでもないが
君を念うこと実に多いのだ。
思えども願いは叶えられず
わが恨めしさは如何ばかりか。

○**飛鳥** 飛鳥を詠じたのは、目前の景であると共に、これによって感慨を増したのである。即ち鳥でさえも友と呼び交しているに、我は友と酌み交わすことが出来ない、と鳥を羨む心持ちである。

九日閑居　菊の節句に　わび住いして

(序) 余閑居、愛重九之名。秋菊盈園、而持醪靡由。空服九華、寄懐於言。

(序) 余 閑居して、重九之《ちようきゆうの》名を愛す。秋菊 園に盈《み》つ、而《しか》も醪《ろう》を持するに由靡《よしな》し。

空しく九華を服して、懐を言に寄す。

（序）余わび住いして重九《ちようきゆう》の佳き名を愛《め》ずる。折しも園に秋菊は咲き乱れているのに、あいにく濁酒を手に入れる方便が無いので、空しく菊花ばかり服食して、感懐《かんかい》を言辞に寄する。

◎これはこの詩の序である。○**重九**　九月九日の節句で、九が重なるから重九という。九は陽数であるから、またこれを「重陽」ともいう。陽が重なるので盛んなという意味があるとして、これをめでたい日とする。この日には酒に菊の花を浮かべて飲むと、邪気を払って息災であるとする風習があった。それなのに酒が無くて、空しく菊花ばかりを服食する淋しさ、味気なさを詠じたのである。○**九華**　九日の黄華《こうか》、即ち菊花のことである。○**服**　服食である。道家の養生法に、丹薬を用いることを服食という。九日に菊花の酒を用いることは一種の養生法であるから、特に「服」といったのである。

（一）世短意常多、斯人楽久生。日月依辰至、挙俗愛其名。
（二）露凄暄風息、気澈天象明。往燕無遺影、来雁有余声。

（一）世は短くして意は常に多し
斯《こ》の人　久生を楽しむ。
日月　辰に依りて至れば
挙俗　其の名を愛す。
（二）露《つゆ》凄《せい》として暄《けん》風息《や》み
気　澈《てつ》して天象明《あきら》かなり。
往燕　遺影無く
来雁　余声有り。

（一）人の一生は短く、意慾は常に多い
それに人々は久生《ながいき》を楽しむ。
されば九月九日が季節に依ってめぐり来れば
世俗を挙《こぞ》って重九の名を愛する。
（二）今や露は冷やかにして暖風は止み
気は澄んで天象は明らかとなり、
燕《つばめ》は去って影を遺《のこ》さず
雁《かり》は来って声を響かせている。

○**辰**　時である。○**名を愛す**　重九という名称は芽出たい意味があるとしてこれを愛し、この日が来れば菊花の酒を飲んで「久生」を祈るのである。詩序に「名を愛す」とあるもこの意味である。

(三)酒能祛百慮、菊為制頽齢。如何蓬廬士、空視時運傾。
(四)塵爵恥虚罍、寒華徒自栄。斂襟独閒謡、緬焉起深情。棲遅固多娯、淹留豈無成。

(三)酒は百慮を祛《はら》うを能くし
菊は頽齢《たいれい》を制するを為す。
如何《いかん》ぞ蓬廬《ほうろ》の士
空しく時運の傾くを視んや。
(四)塵爵《じんしゃく》虚罍《きょらい》を恥じ
寒華　徒《いたず》らに自ら栄ゆ。
襟《きん》を斂《おさ》めて独り閒《のど》かに謡い
緬焉《めんえん》として深情を起す。
棲遅《せいち》　固《まこと》に娯《たのしみ》多し

淹留《えんる》　豈《あ》に成る無からんや。

(三) 酒は憂慮を払い除く効能が有り
菊は老齢を制し止むる作用が有る。
しかるを如何して蓬廬《ほうろ》の主人《あるじ》が〔服せずに〕
時節の過ぎるを空しく視ていられようか。

(四) しかし塵まみれの杯は空樽を恥じ
寒げな菊華は咲きほこっても役に立たぬ。
あきらめて襟《えり》を正し独り長閒《のどか》に謡えば
つくづくと行末を思う情《こころ》が起って来る。
否々《いやいや》隠遁生活は誠に楽しみが多い
気長にやれば面白い事が出来ぬはずはない。

○**祛**《きよ》　禳也、遂也。即ち悪疫や災害を祈って払い除くこと。○**蓬廬の士**　葎《むぐら》の宿の主人《あるじ》というほどのことで、淵明の自称である。蓬は和名ヤナギヨモギ、日本にはあまり無いらしいが、中国では蓬と蒿とが雑草の代表的なものとして往々詩文に用いられている。○**塵爵**　次の句の「寒華」と対して、これはこの句の主格であり、「恥じ」とは酌むべき酒が無いので「きまり悪《わる》そうにしている」というわけで、擬人法を用いたものと解せられる。○罍　雷紋を刻した樽。○襟　普通エリと訓ずるが、実はエリに接続するオクミのことである。それで「襟を斂む」とは寛げていた衣の前を合せて、緊張した姿勢を取ること。○緬焉　遥かに思う貌《かお》。○淹留　久しく留まること。この句は楚辞の九弁篇に「蹇たり淹留して成る無し」とあるを反対にして用いたのである。◎梁の昭明太子蕭統《しょうとう》が作った陶淵明伝に「かつて九月九日宅の附近に出て、菊叢の中に坐すること久しく、手に一ぱい菊を把《にぎ》っていた。すると思いがけなく王弘《おうこう》（江州の刺史）から酒を送って来たので、すぐさまその場で酌んで、酔うて家に帰った」という一段がある。続晋陽秋（芸文類聚引く）にもこの事を載せて「白衣人至る、乃ち王弘が酒を送る也」といって、使者を表現している。この方の文が世に行われたためか、「白衣送酒」が文学上の故事として用いられている。この詩に本づいて作為した伝説か、それともまた別の年の九日の事か。

帰園田居　園田の居に帰る（田舎の我家に帰りて）

（一）悵恨独策還、崎嶇歴榛曲。山澗清且浅、可以濯吾足。

（二）漉我新熱酒、隻雞招近局。日入室中闇、荊薪代明燭。歓来苦夕短、已復至天旭。

（一）悵恨《ちょうこん》して独り策《むち》うて還《かえ》り
崎嶇《きく》として榛《しん》曲を歴《へ》たり。
山澗《さんかん》清く且つ浅し
以て吾が足を濯《すす》ぐ可《べ》し。

（二）我が新熟の酒を漉《こ》し
隻雞《せきけい》近局を招く。
日入りて室中闇し
荊薪《けいしん》明燭《めいしょく》に代う。
歓《よろこ》び来った夕の短きに苦しむ
已にして復《また》天の旭《きょく》するに至る。

（一）恨みつつ独り馬に鞭打って帰り
榛《はしばみ》の森の曲り道を踏みなやみつつ通って来た。
郷里の谷川は清くして浅く
吾が足を洗うにふさわしい。

（二）さて我家の出来たての酒を漉《こ》し

一羽の雞で近隣の人々を招いた。
日が入って室内が暗くなったので
荊薪《そだ》を燃して明燭《ともしび》に代える。
歓楽つきず夜の短きをかこつうち
やがてまた朝日が登って来た。

◎原詩は五篇あり、これはその末篇である。○**帰園田居**　呉仁傑《ごじんけつ》の年譜の説では、これは淵明が彭沢《ほうたく》の県令を辞して帰った翌年の詩であるとする。果してしからば義熙《ぎき》二年、四十一歳の作であり、園田の居とは潯陽《じんよう》の柴桑《さいそう》里である。

諸人共遊周家墓柏下

諸人　共に周家の墓柏の下に遊ぶ（人々が余と共に周家の墓所の柏樹の下に遊ぶ）

（一）今日天気佳、清吹与鳴弾。感彼柏下人、安得不為歓。
（二）清歌散新声、緑酒開芳顔。未知明日事、余襟良已殫。

（一）今日　天気佳なり
清吹《せいすい》と鳴弾と。
彼の柏下《はくか》の人に感ず
安《いず》くんぞ歓を為さ不《ざ》るを得んや。
（二）清歌は新声を散じ
緑酒は芳顔を開く。
未だ知らず明日の事
余が襟《むね》は良《まこと》に已に殫《つく》せり。

（一）今日は天気が佳《よ》い
管楽と絃楽と合奏する。
かの柏樹《はくじゅ》の下《もと》に眠る人の運命を思えば
どうして歓楽せずにいられよう。
（二）清歌は新曲を発散し
緑酒は芳顔を笑みに　ほころばせる。
明日はどうなる事か知らぬが

今日我が胸中の快楽は十分もう尽した。

○**周家**「晋書」の周訪伝によれば、淵明の曾祖陶侃《とうかん》が自家の墓地と隣接した山を周訪《しゅうほう》の家の墓地に与えたので、それ以来両家は親戚づきあいをして来たという。○**柏**　和名ビャクシン(柏心)。ヒノキとスギのあいだのような樹。○**感**　生ある者は必ず死あるの理に感動し、生ある中に歓を尽そうという気になったのである。○**緑酒**　晋の左思の呉都賦に「軽軒を飛ばして緑醽を酌む」とあり、註に湘州臨水県の醽《れい》湖の水で造った酒だとある。この湖は今の湖南省衡《こう》陽《よう》県の東に在るというから、陶淵明の郷里から余り遠くない。ここにいう所の緑酒は蓋しこの酒であろう。この酒の緑は色を付けたものでなく、醸造法で緑色になるのらしい。

連雨独飲　長雨に独り飲む

(一)　運生会帰尽、終古謂之然。世間有松喬、於今定何間。
(二)　故老贈余酒、乃言飲得仙。試酌百情遠、重觴忽忘天。
(三)　天際去此幾、任真無所先。雲鶴有奇翼、八表須臾還。
(四)　自我抱茲独、僶俛四十年。形骸久已化、心在復何言。

(一)運生は会《まさ》に尽るに帰すべし
終古《しゅうこ》之を然《しか》りと謂う。
世間に松喬《しょうきょう》有らば
今に於て定めて何《いずれ》の間《かん》ぞ。

(二)故老　余に酒を贈る
乃ち言う、飲めば仙を得と。
試みに酌めば百情遠く
觴《しょう》を重ぬれば忽《たちま》ち天を忘る。

(三)天際　此《ここ》を去る幾ばくぞや
真に任せて先んずる所無し。
雲鶴　奇翼有り
八表　須臾《しゅゆ》にして還《かえ》る。

(四)我　茲《こ》の独《どく》を抱きしより
僶俛《びんべん》たること四十年。
形骸は久しく已に化するも
心在り　復《また》何をか言わん。

（一）生あるものは当然尽きてしまう
　この理は永遠に肯定さるべきである。
　世間に不死の仙人が有りとすれば
　現今においては一体どの中に在るであろうか。
（二）老人たちが余に酒を贈ってくれて
　そこで言うには、これを飲むと仙人になれると。
　ためしに一杯やってみると何も彼も忘れてしまい
　杯を重ねるとたちまち天をも忘れた。
（三）天の入口はここから幾らもあるまい
　我　天真に任《まか》せて、人と先を競わず、
　雲井の鶴の奇《く》しき翼に
　天の八方を束の間にめぐって来《こ》よう。
（四）自分がこの個性を持って生れてより
　せっせと勉むること四十年。
　肉体は夙《と》くにもう変化してしまったが
　精神が存在するから何も言うことはない。

◎この詩は最も難解である。要旨、第一第二章は世間に仙人などというものは無い、もしありとすればそれは酒に酔うて陶然《とうぜん》たる時が仙人である、ということらしい。而《しか》して第三章は酔郷は即ち仙郷で、天仙をも期することが出来る、とその酔心地を誇張したものらしい。末章は醒めたる平生の心境を述べたもので、根拠は道家思想である。○**運生**「大運中凡ぞ生有る者」と陶詩彙評に註している。大運とは蓋《けだ》し日月星辰《じつげつせいしん》の運行であろう。しからば運生とは宇宙間の生きとし生ける者ということか。○**会**　このように副詞として用いられた場合、江戸時代の学者はこれをカナラズと訓しているが、清の劉淇《りゅうき》の「助字弁略」にはこれを応（マサに）当（マサに）と訓している。今これに従う。○**松喬**　仙人赤松子《せきしょうし》と王子喬《きょう》。○**何間**　世間のどの中間か、つまり何処か、ということらしい。○**天際去此幾**　普通の本は「天豈去此哉」（天豈《あ》に此を去らんや）となっているが、今ある本に従った。○**真に任す**　真は天真、即ち天より受けて生れしままの純真。その天のままに任せ純真を失わぬこと。これは道家の最も重んずる思想である。○**先んずる所無し**　老子に「敢て天下の先と為らず」とあるたぐいの、消極的処世法である。○**雲鶴**　この二句は天仙となって飛行する空想である。○**玆の独を抱く**　独は蓋し独得の性であり、個性である。而してそれは前章にいう所の「真に任せて先んずる所無き」性であろう。○**化**　肉体が変化し、滅亡してしまうこと。本義は死を意味するが、ここのは転義で、死生を超越して肉体の存在を忘れること。すなわち生死を一の如く見る道家思想に本づくものである。

飲酒　酒を飲む

（序）余閑居寡歓、兼秋夜已長。偶有名酒、無夕不飲。顧影独尽、忽焉復酔。既酔之後、輒題数句自娯。紙墨遂多、辞無詮次。聊命故人書之、以為歓笑爾。

（序）余閑居して歓寡《すくな》く、兼ねて秋夜已に長し。偶々《たまたま》名酒有り、夕として飲ま不《ざ》る無し。影を顧みて独り尽し、忽焉《こつえん》として復《また》酔う。既に酔うの後、輒《すなわ》ち数句を題して自ら娯《たの》しむ。紙墨《しぼく》遂に多く、辞は詮次無し。聊《いささ》か故人に命じて之を書せしめ、以て歓笑を為すのみ。

（序）我わび住いして楽しみ少く、それに秋の夜も、もう長くなって来た。ちょうど名高い酒があったので、夜ごと飲まぬことはなく、我が影法師を顧みて独り飲みほすうちに、いつしかまた酔うてしまう。酔うた後は、いつも二三句書きつけて自ら楽しむのである。その書いた紙が遂に多くたまったので、作品の順序も整頓できていないが、ともかく知人に頼んで清書してもらい、慰みとする次第である。

◎これはこの詩の序である。◎原詩は二十首あるが、その中左の七首を選ぶ。

其一

(一)衰栄無定在、彼此更共之。邵生瓜田中、寧似東陵時。
(二)寒暑有代謝、人道毎如茲。達人解其会、逝将不復疑。忽与一觴酒、日夕歓相持。

(一)衰栄は定在無し
彼此《ひし》更《かわるがわ》る之を共にす。
邵《しょう》生 瓜田《かでん》の中《うち》
寧《なん》ぞ東陵の時に似ん。
(二)寒暑 代謝有り
人道 毎《つね》に茲《かく》の如し。
達人は其の会を解す
逝《ここ》に将《まさ》に復《また》疑わ不《ざ》らんとす。

忽《たちま》ち一觴《しょう》の酒と与《とも》に
日夕　歓びて相持《あいじ》す。

（一）衰栄に一定の在り場所は無い
彼《かれ》と此《これ》と代るがわるこれを共有するものだ。
邵平が瓜畑の中にいるみすぼらしさは
東陵侯たりし栄時と似ても似つかぬ。

（二）寒暑は交代するものだ
人の道も毎にこれと同様である。
達人はその道理を暁っているから
さればこの事を決して疑うまいとする。
そこでたちまち一杯の酒と共に
夕方になれば喜んで相親しむのである。

◎この篇は栄枯盛衰は世の習いであるから、そのような事は達観して飲酒を楽しもう、との意を述べたものである。陶澍の集注に引く所の蒖江詩話の説に、この二十首は淵明が晋と宋と易代の際に在りて、飲酒を借りて寓言したのであるといっている。ここにいう所の「衰栄」とは晋朝が亡んで宋朝が代り興ったことの意を寓すること甚だ明らかである。○**邵生・東陵**　邵生とは邵君というほどのこと。彼の名は平、秦末に東陵侯であったが、秦が亡んで漢となるや、貧困の為に、長安の城東で瓜を種えて生活したが、その瓜が美味であったので、世に東陵瓜といったという。○**会**　道理が会合帰着しているところ。○**逝将**　この語は詩経の魏風碩鼠篇などに見えていて、鄭玄《じょうげん》の註に「逝は往也」と説かれているが、しっくりしない。清の王引之の経伝釈詞に「逝は発声なり。義を為さず」と説き、意味の無い発語としている。仮りにココにと訓してみた。○**日夕**　日の夕べ。日暮というに同じ。

其三

(一)道喪向千載、人人惜其情。有酒不肯飲、但顧世間名。
(二)所以貴我身、豈不在一生。一生復能幾、倏如流電驚。鼎鼎百年内、持此欲何成。

(一)道喪《みちほろ》んで千載《なんなん》に向とす
人人《じんじん》其の情を惜む。
酒有れども肯《あえ》て飲ま不《ず》
但だ世間の名を顧みる。
(二)我身を貴ぶ所以《ゆえん》は

豈《あ》に一生に在ら不《ざ》らんや。
一生復《また》能く幾《いくばく》ぞ
倏《たちま》ち流電の驚かすが如し。
鼎鼎《ていてい》たり百年の内
此《これ》を持《じ》して何をか成さんと欲す。

(一) 道《みち》が亡《ほろ》んでから千年になろうとする今
人々《ひとびと》は自己の性情の発露を惜しんでいる。
だから酒が有っても飲もうとはせず
ただ世間の名誉のみに目を向けている。

(二) 人が我身を大切にするわけは
一生を幸福に過そうとするに在るではないか。
その一生が　どれほど生きられるかといえば
稲妻の　はためくような一瞬時である。
百年一瞬と過ぎる生涯の内に　のうのうとしていて
この名誉を逐うことで何事が出来ると思うのか。

○**道**　道家のいわゆる「道」即ち無為自然の道である。○**千載に向とす**　老子の死後より晋朝の末まで約九百四十年（西紀前五二二～後四一九）である。漠然この数を考えているのではなかろうか。○**情を惜む**　情は性情であり、真情である。惜むとは出し惜みをすること、情を抑制して仕たい事をさせぬこと。惜情とは放情の反対であろう。放情して大いに酒を飲むことを淵明は勧めているわけである。○**鼎鼎**　寛く舒びやかなること。

其七

（一）秋菊有佳色、裛露掇其英。汎此忘憂物、遠我遺世情。一觴雖独進、杯尽壺自傾。
（二）日入羣動息、帰鳥趨林鳴。嘯傲東軒下、聊復得此生。

（一）秋菊　佳色有り
露に裛《ゆう》して其の英を掇《と》る。
此の忘憂の物に汎《うか》べ
我が遺世の情を遠くす。
一觴《しょう》　独と雖《いえど》も
杯《はい》尽きて壺《こ》　自《おのずか》ら傾く。
（二）日入りて羣動《ぐんどう》息《やす》み

帰鳥　林に趨《おもむ》きて鳴く。
東軒の下に嘯傲《しょうごう》し
聊《いささ》か復《また》此の生を得たり。

（一）秋菊が佳《よ》い色に咲いている
露に湿れつつその花房を採り、
この憂を忘るる霊薬に浮べ飲んで
我が世を遺《わす》るるの情をさらに遠くする。
一つの杯で独り酒を進めて相手はないが
杯が空《から》になれば壺《とくり》が自《おのず》と傾く。
（二）日が入って動くものは皆休み
塒《ねぐら》に帰る鳥は森をさして鳴いて行く。
東の軒《まど》の下《もと》に傲然嘯詠《ごうぜんしょうえい》しつつ
ともかく復び自由な生活を取戻した。

○**裛**　この字は字書に「香が衣を襲うこと」とあるが、この場合は転義として露が衣を湿おすことと考えられる。かつこの字は「浥」（湿也）と同音であるから、これと通用したものとも見られる。○**掇**　掇拾である。採取すること。○**忘憂の物**　言うまでもなく酒である。これに菊花を浮べて飲むことは、前に出した「九日閑居」の詩にも見えている通り、重陽の節における行事であるから、この詩も九日の作であるかも知れぬ。○**東軒**　軒は長廊の窓のあるものをいう。○**嘯傲**　嘯はもと口笛を吹くことであるが、魏晋の頃仙術を学ぶ者が山中で嘯を吹いたので、この字に浮世の外に超然としていることの意味が加わって来た。それで口笛を吹かなくても、そういう気持でいることが嘯であり、ここのはまさにその意味である。そういった気で俗世間の外に高くとまっているのが嘯傲《しょうこう》である。○**此の生を得たり**　淵明が官途に就いて俗世間に束縛されていたのが、田園に帰って本来の自由な生活に戻り得たことの喜びをいったのであろう。

其九

(一)清晨聞叩門、倒裳往自開。問子為誰与、田父有好懐。壺漿遠見候、疑我与時乖。

(二)繿縷茅簷下、未足為高栖。一世皆尚同、願君汨其泥。

(一)清晨《せいしん》門を叩くを聞く
裳を倒《さかしま》にして往きて自ら開く。
問う　子は誰と為す与《か》と

田父《でんぷ》　好懐有り。
壺漿《こしよう》　遠く候《こう》せ見《ら》れ
我が時与《と》乖《そむ》くを疑う。
(三)　襤褸《らんる》　茅簷《ぼうえん》の下《もと》
未だ高栖と為すに足らず
一世　皆　同を尚《とうと》ぶ
願わくは君　其の泥《でい》を汨《こつ》せんことを。

(一)　晴れた朝、門を叩くを聞きつけ
あわてて衣裳《きもの》を引かけ自分で門を開き、
そなたは誰かと問うたれば
田舎爺《いなかおやじ》は好意を持っていた。
壺の飲物を携えて遠方から訪れ
我が時世とそむき、すねているのを詰《なじ》る。
(二)　貴殿はボロ着物で茅葺《かやぶき》の下に住んでござるが
これでは、まだまだ高潔の士の住家《すみか》とは申されぬ。
当今は大衆と同調するを貴ぶ世の中じゃ

どうか貴殿も泥水をかき乱してやりなされ。

○裳を倒にして　詩経の斉風・東方未明篇に「衣裳を顚倒《てんとう》す」とある句に本づき、これを簡略にしたのである。古代の衣服は上下二つの部分より成り、上なるを衣といい、下なるを裳という（今の女の洋服のブラウスとスカートに当る）。倒にとは衣を前と後と間違えて着、裳を上と下と倒に穿《は》くことらしく、あわてた様子である。**○高栖**　俗世間を離れて気位《きぐらい》高く、仙人のような生活をすること。**○泥を汨す**　この句は楚辞の漁文辞に「世人皆濁らば、何ぞ其の泥を淈《にご》して其の波を揚げざる」といってある意に本づいたのである。汨《こつ》は濁し乱すこと。◎第二章は田父が詰《なじ》る言葉である。

（三）深感父老言、稟気寡所諧。紆轡誠可学、違己詎非迷。且共歓此飲、吾駕不可回。

（三）深く父老の言に感ず
稟気《ひんき》　諧《かな》う所寡《すくな》し。
轡《ひ》を紆《ま》ぐるは誠に学ぶ可きも
己《おのれ》に違《たが》うは詎《なん》ぞ迷《まよい》に非《あら》ざらん。
且《しばら》く共に此の飲を歓《たのし》まん

吾が駕《が》は回《めぐ》らす可から不《ず》。

（三）お爺《じい》さんの仰《おっ》しゃることには深く感動するが
私の天性は衆人と和合しにくい。
手綱《たづな》を曲げて馬に合わす術は学ぶべきだが
己れを枉《ま》げて人に従うことは誤りではなかろうか。
まあ、一緒にこの飲物を楽しく頂こう、
私の馬車は方向転換できません。

◎これは作者が田父に答える言葉である。○**稟気**　天から受けた気質。○**轡を紆ぐ**　陶詩彙評に「紆轡《うひ》は詭遇を謂い、違己は己を枉《まぐ》るを謂う」と註している。詭遇《きぐう》とは正道を以てせずして遇合することである。原義の馬の場合は、蓋《けだ》し手綱を馬の為すままに曲折して調子を合せつつ、巧みにこれを御することで、馬術の用語らしい。

其十三

（一）有客常同止、取捨邈異境。一士長独酔、一夫終年醒。醒酔還相笑、発言各不領。
（二）規規一何愚、兀傲差若穎。寄言酣中客、日没燭当秉。

（一）客有り常に同止し
取捨遥《はる》かに境を異にす。
一士は長く独り酔い
一夫は終年醒めたり。
醒酔《せいすい》還《かえ》って相《あい》笑い
発言 各《おのおの》領せ不《ず》。

（二）規規たる一《いっ》に何ぞ愚なる
兀傲《こつごう》たる差《やや》穎《えい》なる若《ごと》し。
寄言す酣中《かんちゅう》の客
日没 燭 当《まさ》に秉《と》るべし。

（一）相住みの男同志
趣味はまるきり懸《かけ》離れて、
一人はいつも酔うており
一人は年中醒めている。
醒めたのと酔うたのと笑いあい

話しあってもお互い分らない。
（二）あきれている方は馬鹿の骨頂
威張っている方が少し利口らしい。
酔っぱらい殿に申上げる
暮れたら火をともして飲《や》るべしだ。

○**同止**　同居。○**規規**　驚視して、あきれる様子。醒者を指す。○**兀傲**　肩を聳《そび》やかして威張ること。酔者を指す。「辞源」続編にこの詩を例に引いて「倔強にして俗に従わざるの義」と解している。○**燭当に秉るべし**　「文選」に収められた漢代の古詩十九首の中に「昼短くして夜の長きに苦《くる》しまば、何ぞ燭を秉《も》って游ばざる」とある意を用いたのである。

其十四

（一）故人賞我趣、挈壺相与至。班荊坐松下、数斟已復酔。
（二）父老雑乱言、觴酌失行次。不覚知有我、安知物為貴。悠悠迷所留、酒中有深味。

（一）故人　我が趣を賞し
壺を挈《ひっさ》げて相与《あいとも》に至る。

荊《けい》を班《し》きて松下に坐し
数斟《すうしん》已に復《また》酔う。
（三）父老　雑乱して言い
觴酌《しょうしゃく》　行次を失う。
覚《おぼ》え不《ず》　我有るを知るを
安《いず》くんぞ物を貴《とうと》しと為すを知らんや。
悠悠　留まる所に迷う
酒中　深味有り。

（一）旧《ふる》い知りあいの人達が我が風格を賞《ほ》めて
酒壺を提げて一緒にやって来た。
雑草を敷いて松の下に坐り
数杯酌むと、もう酔って来た。
（二）老人達は乱雑な物言いになり
杯を進める順序も無茶になった。
我が存在さえ覚《おぼ》えなくなったのだもの
どうして物を貴重と為すを知ろうか。

心は悠悠と遠くなって、行く先も分らなくなった、
酒中の深味はこの酔心地にある。

○荊を班《し》く　この語は左伝の襄公二十六年に伍挙《ごきょ》と声子とが鄭の郊外で行き逢って「荊を班いて」共に食事をした、というのがその出典で、註に「班は布《し》く也。荊を布いて地に坐するなり」とある。荊は灌木であるから、多分その枝を折って地に布いて坐ったのであろう。ここはその成語を用いたまでで、実際は草の上に坐ったことを意味するであろう。**○行次**　行酒の次第である。行酒はまた行觴《こうしょう》ともいって、酒を杯に酌《つ》いでそれを客に奉るのである。我国のように客が自ら杯を持って酒を酌がせるのとは違う。**○我・物**　我と物とは往々相対していわれる。「我」に対して、自己以外のすべて有形無形の物を「物」とする。資産・地位・名誉等皆「物」である。「我」の存在さえ忘れてしまえば、物欲は無くなり、従って「物」を貴ぶ考は起らないはずである。これは道家思想に本づく理論で、これを借りて酔心地を表現したのである。**○留まる所に迷う**　一本には「之《ゆ》く所に迷う」となっているという。これによれば、自分が何処へ行くか路に迷うて分らない、という意味となり、酔って前後不覚になった気持と解せられる。「留まる所」とあっても、意味は同じらしく、行きて留まる所を知らぬわけであろう。

其十八

（一）子雲性嗜酒、家貧無由得。時頼好事人、載醪祛所惑。觴来為之尽、是諮無不塞。
（二）有時不肯言、豈不在伐国。仁者用其心、何嘗失顕黙。

（一）子《し》雲《うん》は性　酒を嗜む
家《いえ》貧《ひん》にして得るに由《よし》無し。
時に頼る　好事《こうず》の人
醪《ろう》を載せて惑う所を祛《はら》うに。
觴《しょう》来れば之を尽すを為す
是れ諮《はか》れば塞《みた》さ不《ざ》る無し。
（二）時有りて肯《あえ》て言わ不《ず》
豈《あ》に国を伐つことに在ら不《ざ》らん。
仁者は其の心を用う
何ぞ嘗《かつ》て顕黙《けんもく》を失せん。

（一）揚《よう》子《し》雲《うん》は天性酒を嗜んだが

家が貧しくて得る便宜が無かった。
時おり物好《ものず》きな人が
濁酒を携えて疑いを晴らしに来るので助かる。
觴《さかずき》をもらえばそれを飲みほし
相談を受ければ満足な答をせぬことはない。

（二）時として　どうしても言わぬことがあるが
多分国を伐つことを問われたのに違いない。
仁者は用心しているから
何ぞ嘗《かつ》て顕と黙との処世を失《あやま》ろうや。

○**子雲**　前漢の揚雄《ようゆう》、字は子雲。漢代有数の文学者である。○**酒を嗜む**　揚雄は酒賦《しゅふ》を作っており、その断篇が「漢書」游侠伝などに引かれて遺っている。上戸と下戸との問答体である。○**祛**《きよ》　原義は災害を禳《はら》い除くこと。そのように疑惑を除くのである。○**国を伐つこと**　これは柳下恵《りゅうかけい》の故事を用いたので、揚雄の事ではない。昔魯《ろ》公《こう》が柳下恵に斉を伐つことについて意見を求めると、柳下恵はこれを不可とした。帰ってから不愉快な面持で曰った、国を伐つことは仁人に問わないものだと聞く、この相談をどうして私に持ちかけたのだろうかと（漢書、董仲舒伝）。○**顕黙**　治世には顕れて語り、乱世には隠れて黙すること。◎湯東澗曰く「この篇は蓋し子雲に託して自己を比喩したので、故に柳下恵の事を以て篇の結びとしているのである」と。つまり淵明が酒好きな文人である事は揚雄に比喩して不足はないが、揚雄が漢の皇位の簒奪者王莽《おうもう》に附して、その徳を讃美した「劇新美新」という文を書いた無節操は許されぬ。そこで仁人柳下恵の事を借りてこれを是正し、以てひそかに一篇の自叙伝を作り上げたわけである。淵明は晋宋代興の際に生存し、その五十六歳の時には宋の武帝劉裕《りゅうゆう》が晋の禅を受け、即位して宋朝を始めたような時世であったから、第二章の四句には定めし寓意があるであろうと思われる。

止酒　さけを　やめる

（一）居止次城邑、逍遥自閑止。坐止高蔭下、歩止華門裏。好味止園葵、大歓止稚子。

（一）居は城邑《じょうゆう》に次《やど》るを止《や》め
逍遥《しょうよう》として自ら閑止す。
坐は高蔭の下《もと》に止《とど》め
歩は華《ひっ》門の裏《うち》に止む。

好味は園葵《えんき》に止め
大歓は稚子《ちし》に止む。

（一）居所《いどころ》は町に住むのを止《や》めて
ぶらぶらと　のどかに暮らす。
坐るのは高い木の蔭とかぎり
歩くのは柴の戸の内とかぎり
旨いものは畑の青菜とかぎり
大《おお》よろこびは子宝とかぎって。

◎この篇は酒を止めるに就いて毎句「止」の字を用いて戯作している。それらの止の字の持つ意味は、まちまちで一様でない。○**居止次城邑**　この句を前人は多く「居止次二城邑一」と訓読しているが、事実と合わないので、私見では「居止《ハメ》レ次《ルヲ》二城邑《ニ》一」と改めた。城邑とは都会である。次は舎であり、ヤドると訓ず。これは彼が田園に隠居した折の作と思われるので、都会生活を止めたということに解せられる。○**華門**　華の字は篳と同じで、華門《ひつもん》とは荊や竹を編《あ》んで門としたもの、貧乏人の住居である。○**園葵**　この葵は花を観賞するアオイでなく、和名をカンアオイもしくはフユアオイと称して、花は小さくて見るに足らず、葉を食用に供したもので、古代は美味な蔬菜《そさい》として重宝がられた。宋元間に至り食用が廃れた。

（三）平生不止酒、止酒情無喜。暮止不安寝、晨止不能起。日日欲止之、営衛止不理。
徒知止不楽、未信止利己。

（三）平生　酒を止《や》め不《ず》
酒を止むれば情　喜ぶ無し。
暮《くれ》に止むれば寝を安んぜ不《ず》
晨《あした》に止むれば起くる能《あた》わ不《ず》。
日日　之を止めんと欲するも
営衛　止むれば理《おさ》まら不《ず》。
徒《た》だ知る止むるの楽しから不《ざ》るを
未だ信ぜず止むるの己《おのれ》を利するを。

（二）今まで酒を止めなかったのは
酒を止めれば楽しみが無いからで、
暮に止めれば眠られず

朝に止めれば起きられぬ。
今日は止めよう、明日は止めようと思えど
止めると血のめぐりが悪くなる。
止めたら楽しめぬとばかり考えて
止めて得《とく》がいくなんて信じられなかった。

○営衛　医学の術語で、気血の作用をいう。

（三）始覚止為善、今朝真止矣。従此一止法、将止扶桑涘。清顔止宿容、奚止千万祀。

（三）始めて覚《さと》る止《や》むるの善と為すを
今朝　真に止めたり（矣）。
此従《これより》　一《ひと》たび止め去りて
将《まさ》に扶桑の涘《あい》に止《とど》まらんとす。
清顔　宿容を止《や》む
奚《なん》ぞ止《ただ》に千万祀のみならんや。

(三) ところが、止《や》めた方が善いと始めて覚《さと》った
今朝《けさ》こそ本当に止めるぞ。
これから一ぺんに止めてしまって
扶桑の島へでも行ってしまおう。
古い容《かお》を止めて清い顔になり
千万年どころか、いつまでも。

○**扶桑**　日の出るところとして古くから有名な伝説的仙境。中華の東二万余里に在るなどとも言い伝え、あるいは我が日本国を以てこれに擬する説もある。○**涘**《あい》　水涯である。○**清顔**　扶桑に往って、仙人になった心待で言っているのではあるまいか。○**宿容**　在来の容貌。即ち俗貌で、それを止《や》めて仙人の顔になって、千万年以上不老不死でいよう、というわけではあるまいか。そこでこれを現実的に見れば宿容は酔顔であり、清顔は醒顔である。即ち素面《すめん》になろうということになりはすまいか。◎末段は蓋《けだ》し逆説で、真意は酒を止めるぐらいなら、もう浮世に用は無い。遠い遠い扶桑の仙島にでも行ってしまおう、というわけか。それとも酒を止めようと思えば気が遠くなって、遠い扶桑の孤島にでも行くように淋しい、というのであろうか。扶桑に行くことの不可能に近いと同じく、酒を止めることもまた不可能に近いのである。この気持は吾党のみが能《よ》くこれを解するであろう。それにしても淵明が何故酒を止めようと思った

のであろうか。余程健康を害したものと見える。

雑詩　そこはかとなく

（一）人生無根蔕、飄如陌上塵。分散逐風転、此已非常身。落地為兄弟、何必骨肉親。

（一）人生　根蔕《こんてい》無し
飄として陌上の塵の如し。
分散　風を逐《お》うて転ず
此《こ》れ已《すで》に常身に非ず。
地に落ちて兄弟と為る
何ぞ必ずしも骨肉親しからんや。

（一）人のこの世に生るるは　世に結ぶ根《ね》も蔕《へた》も無く
吹き飛ばされた陌上《ちまた》の塵のように
分れ散って風のまにまに動きまわるので

此の身は已に常住不変のものでない。
地に生れ落ちて偶然兄弟と為ったので
何にも骨肉血縁の者に限って親しいわけはない。

◎この篇は雑詩十二首の第一である。○**根蔕**　木のネと、果実のヘタあるいは花のウテナ。「根蔕無し」とは、何時までも世上に留まって長生できるものでないことを喩えたのである。後文に「常見に非ず」といっているのがその本意である。○**塵の如し**　「文選」に載せた漢代の古詩十九首の中に「人生れて一世に寄るは、奄忽《えんこつ》として飇塵《ひょうじん》の如し」という思想と同じである。この文選の詩の李善註に尸子という道家の書を引いて「老萊子《ろうらい》曰く、人の天地の間に生るるは寄るなり。寄る者は固より帰る」とある。乃《すなわ》ち知る、これは道家思想の無常観に本づくものである。○**兄弟**　この詩を載せた「古文真宝」の旧註に、論語の「四海之内、皆兄弟也」（顔淵篇）を引いて、大抵交遊は皆兄弟である、何にも骨肉が至親であるとする必要はない、と解している。これは儒家思想を以てしたのであるが、鄙見《ひけん》ではやはり前の道家思想の続きと見る。即ち常身に非ざる人間として、風に吹き飛ばされた塵の如く地上に落ち、偶然にも兄弟という関係に置かれたまでであるから、何も骨肉が親しいとは限らない。次の章に「比鄰を聚む」即ち兄弟以外の他人に親しむことを言う為の伏線である。

（二）得歓当作楽、斗酒聚比鄰。盛年不重来、一日難再晨。及時当勉励、歳月不待人。

（二）歓《かん》を得ては当《まさ》に楽みを作すべし
斗酒《としゅ》　比鄰《ひりん》を聚《あつ》めよ。
盛年　重ねて来ら不《ず》
一日　再び晨《しん》なり難し。
時に及んで当に勉励《べんれい》すべし
歳月　人を待た不《ず》。

（二）愉快なことがあれば楽しみをなすべきだ
一斗の酒で近隣を招き集めよ。
若い盛りは二度と来ぬ
一日に二度の朝があるわけはない。
時に後《おく》れず、せい出して遊ぶべきだ
歳月《としつき》は人を待ってはくれぬ。

○**斗酒**　六朝の一斗は我が国の一升あまりであったらしく、唐代の一斗は、六朝よりも増量してほぼ我が三升に当る。時によって分量は異るが、詩にいう所は計量の単位たるに過ぎず、用いる所は必ずしも一斗と限らず、数斗でも「斗酒」であろう。◯**盛年**　男子は二十一歳から二十九歳までを盛年とするという。◯**勉励**　学業に励むのではなく、この場合は行楽に励むのである。◎「盛年」云々四句だけを見ると教訓詩めくが、前の二句があるので、漢代以来伝統ある無常観的快楽詩たることは明らかである。漢の無名氏の古詩十九首に「人の天地間に生るるは、忽として遠行の客の如し。斗酒もて相《あい》娯楽し、聊《いささ》か厚うして薄きを為さざれ」云々といい、また「生年は百に満たずして、常に千歳の憂を懐く。……楽みを為すは当に時に及ぶべし、何ぞ能《よ》く来茲《らいじ》（来年）を待たん」云々などとあるのがそれで、淵明のこの篇はこの伝統を引くものである。

(附) 周漢魏晋諸家詩

鳧鷖　かもとかもめ　周詩　大雅

(一) 鳧鷖在涇、公尸来燕来寧。爾酒既清、爾殽既馨。公尸燕飲。福禄来成。

(一) 鳧鷖《ふえい》　涇《けい》に在り
公尸《こうし》来り燕し来り寧《やす》んず。
爾《なんじ》の酒《さけ》　既に清く
爾の殽《さかな》　既に馨《かぐわ》し。
公尸　燕飲し
福禄来り成す。

(一) 鴨と鷗が水中にいる。そのように
公尸《かたしろ》が宴会《さかもり》に来て安らかにしている。

王の酒は　もとより清く
王の肴は　もとより香る。
公尸《かたしろ》は振舞の酒を飲んだ、
幸福は来って汝を成功させる。

◎以下選ぶ所の周詩三篇は詩経に載せられている。さてこの詩は、周の王室で宗廟の祭をした翌日、祭の尸《かたしろ》を役《つと》めた人を主賓として招いて、宴会を催す事を詠じたのであるという（朱熹《しゅき》の集伝の説）。○**鳧**《ふ》　野鴨。カモ。○**鷖**《えい》　鷗也。カモメのたぐい。この二つの水鳥は次の句の公尸に喩《たと》えたので、前の句は後の句を言う為にまず比喩を用いて文を修飾したのである。かくの如き法を「興《きよう》」という。○**涇**　旧註は多くこれを川の名として固有名詞に見ているが、今は清の段玉裁の「詩経小学」の説に従って、「水中」即ち水の流れるところと解する。そうした方が、第二章以下に「沙に在り」「渚に在り」などといずれも普通名詞を用いてあるのに相応する。○**公尸**　古代は祭に当って一人を立てて神の代理とする、これを「尸」といい、我国でもこの風があって「形代」（かたしろ）と呼んだ。公尸とは君の尸というほどのことで、王の用いる尸を意味する。○**燕**　宴の字と通ず。酒を飲むこと。○**殽**《こう》　牲体、即ち骨つきの獣肉で、これを俎（おぜん）に載せて出す。○**馨**　香が遠くまで聞こえること。○**成す**　祭の主催者の功徳を成就する。

（一）梟鷖在沙、公尸来燕来宜。爾酒既多、爾殽既嘉。公尸燕飲、福禄来為。

（二）梟鷖《ふえい》　沙に在り
公尸《こうし》来り燕し来り宜《よろ》しとす。
爾《なんじ》の酒　既に多く
爾の殽《さかな》　既に嘉《よ》し。
公尸　燕飲し
福禄来り為《たす》く。

（三）鴨と鷗が沙《みぎわ》にいる。そのように
公尸《かたしろ》が宴会《さかもり》に来て満足している。
王の酒は　もとより多く
王の肴は　もとより嘉《よ》い。
公尸は振舞の酒を飲んだ、
幸福は来って汝を助ける。

○**沙**　水ぎわの沙地。○**宜**　その事を宜しとしてこれを楽しむ。○**為**　助くというほどのこと。

(三)鳧鷖在渚、公尸来燕来処。爾酒既湑、爾殽伊脯。公尸燕飲、福禄来下。

(三)鳧《ふ》鷖《えい》　渚《しょ》に在り
公尸《こうし》来り燕し来り処《お》る。
爾《なんじ》の酒　既に湑《しょ》し
爾の殽《さかな》は伊《これ》脯《ほ》。
公尸　燕飲し
福禄《ふくろく》来り下《くだ》る。

(三)鴨と鷗が渚《なぎさ》にいる。そのように
公尸《かたしろ》が宴会《さかもり》に来て坐《すわ》っておる。
王の酒は　もとより漉《こ》してある
王の肴は乾肉《ほじし》である。
公尸は振舞の酒を飲んだ、
幸福は来って汝に下る。

○渚《しょ》 水中の高地である。洲の小なるもの。○湑《しょ》 茅《かや》を以て酒を漉してその糟を去ること。○脯《ほ》 肉の乾したるもの。ホジシ。

（四）鳧鷖在潨、公尸来燕来宗。既燕于宗、福禄攸降。公尸燕飲、福禄来崇。

（四）鳧《ふ》鷖《えい》　潨《そう》に在り
公尸《こうし》来り燕し来り宗す。
既に宗に燕し
福禄《ふくろく》　降る攸《ところ》。
公尸　燕飲し
福禄来り崇《かさ》ぬ。

（四）鴨と鷗が落合《おちあい》にいる。そのように
公尸《かたしろ》が宴会《さかもり》に来て上席に坐《すわ》った。
やがて宗廟《みたまや》で宴会《さかもり》が開かれる
幸福が降される。

公尸は振舞の酒を飲んだ、
幸福は来って積み重なる。

○**潨**《そう》　水の会《であ》うこと。小水が大水に入ること。○**宗**　上の宗の字は動詞で、尊ぶ意。尊位にいること。下の宗の字は名詞で、宗廟（みたまや）である。○**攸**《ゆう》　所と訓ず。語助詞で、意味は無い。○**崇**　重なること。積もって高大となること。

(五)鳧鷖在亹、公尸来止熏熏。旨酒欣欣、燔炙芬芬。公尸燕飲、無有後艱。

(五)
鳧鷖《ふえい》　亹《もん》に在り
公尸《こうし》来り止《とど》まりて熏熏《くんくん》たり。
旨酒《ししゅ》　欣欣《きんきん》たり
燔《はん》　炙《せき》　芬芬《ふんぷん》たり。
公尸　燕飲し
後艱《こうかん》　有る無し。

(五)鴨と鷗が谷川のはざまにいる。そのように

公尸《かたしろ》が宴会《さかもり》に来り止《とど》まってほろ酔い
旨酒《うまざけ》で上機嫌。
焼肉や肝《きも》の炙物はぷんぷんと旨《うま》そう。
公尸は振舞の酒を飲んだ、
もう　これで後の患《うれ》いは無い。

○**亹**《もん》　水が峡中を流れて両岸が門の如き場所。○**熏熏**　醺醺に同じ。酔うて和悦する貌。○**欣**
欣　楽しむこと。○**燔炙**《はんせき》　燔は近い火で焼くこと、炙は遠火であぶること。鄭玄《じょうげん》の箋に「燔は肉を用い、炙は肝を用う」とある。◎**芬芬**　香うこと。○**後艱**　後の患い、というほどのこと。◎この詩のように毎章類似の辞を繰返して、僅かにその語を換えて作る体が詩経に甚だ多く、これを畳詠という。この体は国風に最も多く、小雅にも相当あるが、大雅には甚だ少い。これが周代の歌謡の原始的詩形と考えられる。

行葦　みちのへ　のあし　周詩　大雅

（一）敦彼行葦、牛羊勿践履。方苞方体、維葉泥泥。

（二）戚戚兄弟、莫遠具爾。或肆之筵、或授之几。

（一）敦《だん》たる彼の行葦
牛羊《ごよう》　践履する勿《なか》れ。
方《まさ》に苞《ほう》　方に体
維《こ》れ葉　泥泥《でいでい》。

（二）戚戚《せきせき》たる兄弟
遠き莫《な》く具《とも》に爾《ちか》し。
或は之に筵《えん》を肆《つら》ね
或は之に几《き》を授く。

（一）むらがる道ばたの葦を
牛羊よ践《ふ》んでくれるな、
やっと芽が出て、やっと茎になって
なよなよと葉も出たばかりだ。

（二）親しき兄弟どもが
遠ざかることなく、皆近づいて来た。

さては筵《むしろ》を敷きつらね
さては　おしまずき　も取らせよう。

◎章の分け方は後漢の鄭玄に従ったが、宋の朱熹《しゅき》は右の二章を合せて一章としている。以下同様。◎この詩は周の王室において兄弟親戚を招いて宴飲することを詠じたものである。○**敦**《だん》音は団である。聚まる貌。葦が叢生しているのである。○**行**　道である。○**方**　マサにと調ず。今。始めて。纔に。○**苞**　草が発芽したばかりで未だ皮を被っているもの。○**体**　形を成したもの。茎になったのである。○**維**　コレと訓ず。発語辞。○**泥泥**　葉が初めて生じて、柔かく沢やかなる貌。○**戚戚**　親しいこと。○**莫**　勿れ。○**具**　倶《とも》に。○**爾**　邇と同じ。近し。○**肆**　陳《つら》ぬ。○**筵**《えん》　敷物。○**几**《き》　オシマズキ。脇息のたぐい。これに凭《よ》りかかって息む道具。◎第一章はいわゆる興《きょう》で、葦の叢生せるは兄弟の聚れることを喩え、初生の葉を牛羊の践むを禁ずるは、兄弟をいつくしむことを喩えたのである。◎第二章は王の招きに応じて兄弟親戚が至り、筵《むしろ》を敷き几を授けられて、やがて宴飲が始まろうとするところである。

（三）　肆筵設席、授几有緝御。或献或酢、洗爵奠斝。

（四）　醓醢以薦、或燔或炙。嘉殽脾臄、或歌或咢。

（三）筵を肆《つら》ね席を設け
几を授くるに緝御《しゅうぎょ》たる有り。
或は献じ或は酢《そ》し
爵を洗い斝《か》を奠《お》く。
（四）醓醢《たんかい》以て薦《すす》め
或は燔《はん》或は炙《せき》。
嘉殽は脾《ひ》 臄《きゃく》
或は歌い或は咢《がく》す。

（三）下敷きを敷いて上敷きを重ね
うやうやしく おしまずきを進める。
あるいは杯をさしあるいは杯を返す
主人は杯を洗うてさし、客は受けて下に置く。
（四）塩辛を進め
焼肉や肝《きも》の炙り物や
珍肴は脾臓と上脣《うわくちびる》
歌うたり囃《はや》したり。

◎三章四章は宴飲が始まって、杯が交わされ、酒の肴が出され、歌い囃されることを叙したのである。○**筵・席**　どちらも敷物であるが、まず筵を敷き、その上に重ねて席を敷くのである。○**緝御**　毛伝に「踧踖之容也」と解いてある。踧踖《てきせき》とは恭敬の貌である。給仕人が恭敬して几を進めるのである。○**献**　客に酒を進めること。○**酢**《そ》　客がこれに答えること。つまり返杯。○**爵を洗い斝を奠く**　主人が爵《さかずき》を洗うて客に酬す（主が復《ふた》び客に酌むこと）、客は受けてこれを下に置く。これで杯のやり取りが終る。○**爵・斝**　いずれも杯のこと。夏の時代は醆《さん》といい、殷代は斝《か》といい、周代は爵《しゃく》といった、と称せられる。○**醓醢**　どちらも肉で作った醤《みそ》、即ちシオカラ（古名シシビシオ）であるが、醓は特に汁けの多いものをいう。○**燔・炙**　前の鳧鷖篇第五章の註を見よ。○**脾**　脾臓である。○**臄**　口の上の肉。牛羊などのこれらの部分を嘉《よ》い肴として賞味したのであろう。○**歌・咢**　歌とは絃楽を伴奏としてうたうこと。咢とは徒だ鼓のみを撃つこと。

(五)　敦弓既堅、四鍭既鈞。舎矢既均、序賓以賢。

(六)　敦弓既句、既挟四鍭。四鍭如樹、序賓以不侮。

(五)　敦弓《ちょうきゅう》　既に堅く

四鍭《こう》　既に鈞《ひと》し。
矢を舎《はな》つ既に均しく
賓を序するに賢を以てす。
(六)敦弓　既に句《こう》し
既に四《し》鍭《こう》を挟《はさ》む。
四鍭　樹《うう》るが如し
賓を序するに侮ら不《ざ》るを以てす。

(五)彫弓は　もとより強く
四本の矢も　もとより釣合が　とれている。
矢を放って皆　的に中《あ》てた
中てた数で客の順序をきめる。
(六)彫弓を引きしぼり
もはや矢は四本とも射てしまった。
四本の矢は手で植えたように中《あた》ったが
客は順序が上でも威張らない。

◎五章六章は燕射、すなわち燕飲の余興に弓を射ることを述べたのである。○敦弓　敦は彫《ちょう》の字と同音で、彫弓すなわち模様を画いた弓のこと。「荀子」大略篇に曰う「天子は彫弓、諸侯は彤《とう》弓、大夫は黒弓なるが礼なり」と。彤は朱色。○堅　勁《つよ》いこと。○鍭　矢の名称。金属の鏃《やじり》と翦りそろえた羽を用いたもの。○鈞　均の仮借字である。矢の鏃の方と羽の方との重量が平均していること。「周礼」考工記の矢人の条と、その註を参考として、あらまし矢の制度を窺って見るに、矢の幹は木を用いて長さ三尺、前の一尺は先ほど次第に細く削り、その端に鏃の鉄茎（管になっている部分らしい）がはめ込んである。この反対の方の端に長さ六寸の羽が四枚挿んである。鏃《やじり》は鉄で羽より重い代りに、その方の矢幹を削って細くし、平均を取っているわけである。○舎矢　舎は捨である。矢を放《はな》つこと。○均　四矢が皆中《あた》ること。○賢　射て多く中った者を賢とする。○句　彀《こう》の字と同音同義で、弓を引き満《しぼ》ること。○挟　射礼に「搢三挟一」ということがある。搢《しん》とは挿むこと。射るには四本の矢を用い、まず三本を帯の間に挿み、一本を弓に挟《つが》え、弦を引いて放つのである。こうして次々に射て行くのであるから、「既に四鍭を挟む」とは、四本とも皆射てしまったことである。○樹るが如し　樹は木を植えること。四本の矢が的に中って、あたかも手で以て植えたようであること。○侮らず　中った数によって客の成績の順序を定めても、中りの多かった上位の者が、中りの少かった下位の者を侮らないのを美徳とする。

（七）曾孫維主、酒醴維醹。酌以大斗、以祈黄耇。
（八）黄耇台背、以引以翼。寿考維祺、以介景福。

（七）曾孫　維《こ》れ主
酒醴《しゅれい》　維れ醹《じゅ》。
酌むに大斗を以てし
以て黄耇《こうこう》を祈《いの》る。
（八）黄耇　台背《たいはい》
以て引き以て翼《たす》く。
寿考　維れ祺《き》
以て景福を介《かい》にす。

（七）当主がここに宴会を主催して
酒も甘酒も濃くて旨《うま》い、
大杓を以て酌み取り
父老の為に福を求める。
（八）黄髪鮐背《こうはったいはい》の老人たちを

先導し扶翼しつつ、
命《いのち》長かれ
大福いやさかえよ、と祝《ほ》ぎ奉る。

◎この二章は異説が多くて分りにくいが、しばらく諸家を折衷し、少しく鄙見《ひけん》を雑えて説いてみよう。前の第六章で射礼もすでに終ったので、この第七章は最後に大杓で酌んで、今で言えば乾杯して宴を終るというところであろう。第八章は宴を終えて、壮者が老人を導き扶けつつ、長寿を祝福して退場というところか。○**曾孫**　祖先に対して言う。家の当主で、この場合は周の王である。○**醴《れい》**　甘酒。酒の飲めない人にこれを進めたのであろう。○**醹《じゅ》**　酒の醇厚なもの。○**大斗**　斗は杓である。大斗は毛伝に「長さ三尺なり」といい、柄の長い杓である。正義には、大器からこれで樽に酌むのであろうといっている。○**黄耇**　黄髪の老人。耇《こう》は老寿である。○**以祈二黄耇一**　諸説どうも腑に落ちない。鄙見は集伝の説を少し改めて、祈は求めると訓じ、この一句は黄耇の為に福を求める、即ち老人たちを祝福する意と解してみた。○**台背**　毛伝に「大老也」と解き、鄭箋に、台というのは鮐である、大老なれば背に鮐魚の斑紋の如きものを生ずると説明している。鮐は河豚《ふぐ》である。和名フク。フクの背は黒く腹は白いが、その境目に斑点がある。釈名には「九十を鮐背と曰う」とある。○**引・翼**　引は導くこと、翼は輔けること。老人を引導輔翼して退場するのであろう。○**寿考**　長命を保ちつつ老いること。考は老である。○**祺**　吉である。○**介**　毛伝は「大」と訓し、鄭箋は「助」と訓す。助けてこれを大ならしむるわけであろう。助けるのは天の神である。○**景**　大である。末二句の意は、老人達が芽出たく長寿を保ち、この上さらに大福を増大されるであろう、と祝福して結んだのであろう。
◎老人を尊敬することは、古来中国の美風であるが、後世知識人の会合の際など、少壮者が老《ろう》耋《てつ》の為に「撰杖」するということがある。老人の杖を持ったりして世話をするのである。この詩の末章の如きはその事の由来久しきを想わしめるものではあるまいか。

賓之初筵　客が初めて席に　つくや　周詩　小雅

(一) 賓之初筵、左右秩秩。籩豆有楚、殽核維旅。酒既和旨、飲酒孔偕。鐘鼓既設、挙醻逸逸。大侯既抗、弓矢斯張。射夫既同、献爾発功。発彼有的、以祈爾爵。

(一) 賓之《ひんの》初めて筵する
左右に秩秩たり。
籩豆《へんとう》楚たる有り
殽核《こうかく》維《こ》れ旅《おお》し。

酒　既に和旨《わし》
酒を飲むこと孔《はなは》だ偕《ととの》う。
鐘鼓　既に設け
醻《しゅう》を挙ぐる逸逸たり。
大侯　既に抗《あ》げ
弓矢　斯《ここ》に張る。
射矢　既に同《どう》じ
爾の発功を献ず。
彼の有的《ゆうてき》に発し
以て爾に爵を祈《もと》む。

（一）客が初めて席につくや
左右に順序よく列《なら》ぶ。
食品を盛る器は清潔で
酒の肴は数々《かずかず》ある。
酒は　もとより和らかで旨《うま》く
飲むのも甚だ行儀がよい。

鐘や太鼓も適当な位置にすえられ
杯も順序よく交《かわ》される。
大侯《おおまと》は　もはや張られ
弓に矢が　つがえられた。
射手《いて》は　もはや相手《あいて》が　きまり
発《はな》った矢の成績が報告される。
かの的《まと》に射中《いあ》てて
相手に罰杯を飲ませようと競う。

◎この篇は朝廷において臣下が宴を賜うて、痛飲するの状を詠じたものである。毛詩の序によれば、周の幽王の時、君臣上下が酒に沈湎《ちんめん》して無節制なるを、衛の武公が諷刺して作ったのであるとしている。韓詩の序によれば、衛の武公が飲酒してその過《あやま》ちを悔いて作ったのであると。真相は測りかねるが、とにかく大変な荒れ方で、前に載せた「行葦」篇に比べると、甚だ行儀は悪いが、痛快な飲み方である。○**秩秩**　秩序あること。○**楚**　清潔なこと。○**籩《へん》**　竹で編んだ高坏《たかつき》のような形の食器。乾いた食品を容れる。○**豆《とう》**　木製の高坏のような食器で、汁気のあるものを容れる。○**殽《こう》**　豆に盛る食品。醢《かい》（塩辛）菹《そ》（漬物）など。○**核《かく》**　籩に盛る食品、桃梅などの果物。○**旅**　衆である。品数の多いこと。○**偕**　斉一である。皆一様に威儀が整うていること。○**設**　射礼をする為に妨げにならぬよう鐘鼓の位置を置きかえること。○**挙醻**　醻は酬に同じ。主人が賓に酌むを献といい、賓が主人に返杯するを酢《そ》という。主が復《ふたた》び賓に酌むを醻《しゅう》という。賓はこれを受けてそのまま席の前に奠《お》く。さて旅酬とて後輩一同が先輩の為に杯を挙げて敬意を表するのが礼である。これが挙醻であり、その後は交錯して互に杯を往来する。○**逸逸**　杯の往来に順序のあること。○**大侯**　君主の侯である。侯は皮もしくは布を張ったマトである。○**抗**　挙げる。侯を張ること。○**射夫既に同ず**　射るには二人相対して勝負を決するので、この相手を選定すること。○**献**　奏する。進める。○**発功**　矢を発して的に中った功。○**有的**　侯中の射る所の部分。有の字は意味の無い助字。○**祈**　求める。○**爵**　杯である。射て中らぬ者がそれで酒を飲まされる。「爾に爵を祈《もと》む」とは、相手を負かして、相手に罰爵を飲むことを要求しようという意味。互に競争する心持である。

（二）籥舞笙鼓、楽既和奏。烝衎烈祖、以洽百礼。百礼既至、有壬有林。錫爾純嘏、子孫其湛。其湛曰楽、各奏爾能。賓載手仇、室人入又。酌彼康爵、以奏爾時。

（二）籥舞《やくぶ》　笙鼓《しょうこ》　楽《がく》　既に和奏す。
烈祖《れっそ》を烝衎《じょうかん》し

以て百礼を洽《あわ》す。
百礼　既に至る
壬《じん》なる有り林《りん》なる有り。
爾に純嘏《じゅんか》を錫《たま》う
子孫　其れ湛《たのし》む。
其れ湛《たのし》んで日《ここ》に楽み
各々爾の能を奏す。
賓　載《すなわ》ち手《てず》ら仇《か》《こう》す
室人　入って又《ふたたび》す。
彼の康爵に酌み
以て爾の時を奏す。

(二)横笛の舞《まい》、笙や太鼓の音
音楽は　なごやかに奏《かな》でられる。
功業ある先祖を楽しませんとて
百般の祭礼を合せ備える。
百般の祭礼は既に備わり

誠に盛大である。
神霊は汝等に大福を賜わり
子孫は楽しみを　きわめる。
子孫は楽しい上にも楽しく
おのおの尸《かたしろ》に　爵《さかずき》を献ずる作法を行う。
賓客代表も尸に献ずる爵を手ずから酌むと
室内世話係が入って復び酌み添える。
かの健康増進の爵《さかずき》に酌み
時節の食物を薦《すす》める。

◎この章は先祖を祭って飲酒する礼を述べたのである。後段の六句を毛伝は再び競射することと解しているが、ここには鄭箋に従い、すべて祭礼の事として一貫させる。○**籥舞**　籥《やく》は六孔の横笛である。この笛を執って舞うこと。○**烝**　進める。○**衎**　楽しませる。○**烈祖**　功業ある先祖。○**洽**　合わす。○**百礼**　神に事える多くの礼。○**壬**　大なること。○**林**　盛んなること。礼の盛大なること。○**錫**　賜う。神がこれに賜うのである。○**爾**　なんじ。主祭者を指す。○**純**　大なり。○**嘏**《か》　福である。○**湛**《たん》　楽しみの久しきこと。○**曰**　助字。ココにと訓ず。○**各々爾の能を奏す**　鄭箋に従えば、子孫がすでに楽しんだ後、おのおの酒を酌んで尸《かたしろ》（神の代りを役める人）に献じ、尸が酢《そ》（返杯）して爵《さかずき》を卒ること、と解している。つまり「能」とは礼儀作法の技能である。毛伝は賓と主人とが競射することと解している。今、鄭説に従う。○**載** 則ち。○**仇** 㪺《こう》の仮借。酒を挹《く》み取ること。○**室人** 賓客のうち主人を佐《たす》けて室中の世話をする人。○**又** 復（また）である。賓客のうち年長者が手ずから酒を挹《く》んで尸に献ずる、この時室人が復び酌み添えるのである。○**康** 安らか。酒は体を安らかにするものだから「康爵」といったのである。○**時** 時節の物。○**奏** 薦める。

（三）賓之初筵、温温其恭。其未酔止、威儀反反。曰既酔止、威儀幡幡。舎其坐遷、屢舞僊僊。其未酔止、威儀抑抑。曰既酔止、威儀怭怭。是曰既酔、不知其秩。

（三）賓之《ひんの》初めて筵する
温温として其れ恭《うやうや》し。
其の未だ酔わざる（止）
威儀　反反たり。
曰《ここ》に既に酔えば（止）
威儀　幡幡《へんぺん》たり。
其の坐を舎てて遷り

屢々《しばしば》舞うて僊僊《せん》たり。
其の未だ酔わざる（止）
威儀　抑抑《よくよく》たり。
曰《ここ》に既に酔えば（止）
威儀怭怭《ひつひつ》たり。
是れ曰《ここ》に既に酔えば
其の秩を知ら不《ず》。

（三）客が初めて席につくや
おだやかにして、うやうやしい。
その　まだ酔わぬ　うちこそ
威儀　慎重にしているが、
さて一たび酔うたが　さいご
さっきの威儀も　どこへやら、
己《おの》が坐を捨てて他へ遷り
舞うて浮れて　はねまわる。
そのまだ酔わぬうちこそ

威儀　慎密にしているが
さて一たび酔うたが　さいご
威儀もめちゃめちゃ。
斯様《かよう》に一たび酔ってしまえば
秩序もなにも知らなくなる。

○温温　柔和である。**○止**　無意義の助字。**○反反**　慎重なること。**○幡幡**　威儀を失うこと。**○僊僊**　高く舞い挙がる状。**○抑抑**　慎密なること。**○怭怭**　媟嫚（なれてみだら）なること。**○秩**　秩序。

(四) 賓既酔止、載号載呶。乱我籩豆、屢舞僛僛。是曰既酔、不知其郵。側弁之俄、屢舞傞傞。既酔而出、並受其福。酔而不出、是謂伐徳。飲酒孔嘉、維其令儀。

(四) 賓　既に酔えば（止）
載《すなわ》ち号し載《すなわ》ち呶《ど》し、
我が籩豆《へんとう》を乱し
屢々《しばしば》舞うて僛僛《きき》たり。

是れ曰《ここ》に既に酔えば
其の郵《あやまち》を知ら不《ず》。
弁《べん》を側《そばだ》つる之《の》俄たる
屢々舞うて傞傞《ささ》たり。
既に酔うて而して出ずれば
並に其の福を受く。
酔うて而して出で不《ざ》れば
是れを徳を伐《そこな》うと謂う。
酒を飲むの孔《はなは》だ嘉《よ》きは
維《こ》れ其の令儀なり。

（四）客が一旦酔ってしまえば
わめいたり、どなったり、
我が食器の列を乱し
足許あやうく舞い踊る。
斬様に一たび酔ってしまえば
その過《あやまち》も知らなくなり

冠を傾けて横たおし
踊り狂うて果《はて》しがない。
酔うたらその場を去るならば
皆一様に福を受けるが、
酔うてもその場を去らざれば
是こそ徳を害《そこな》うというものだ。
酒を飲むのは甚だ嘉《よ》いことだが
それは　あの美事な作法があればこそ。

○**号**　呼ぶ。○**呶**　讙《かまびす》しくする。○**僛僛**　傾側の状。○**郵**《ゆう》　尤《ゆう》と同じ。過《あやま》ちである。○**側**　傾く。○**俄**　傾く貌。○**傞傞**　止まざること。○**出**　去ること。○**伐**　害《そこな》う。○**令**　善いこと。

(五)　凡此飲酒、或酔或否。既立之監、或佐之史。彼酔不臧、不酔反恥。式勿従謂、無俾大怠。匪言勿言、匪由勿語。由酔之言、俾出童羖。三爵不識、矧敢多又。

(五)　凡《およ》そ此の酒を飲む
或は酔い或は否《しか》らず。

既に之が監を立て
或は之に史を佐とす。
彼の酔うは臧《よか》ら不《ず》
酔わ不《ざ》るを反て恥《はず》かしむ。
式《もっ》て従って謂を勿《なか》れ
大《はなは》だ怠ら俾《し》むる無れ。
言うに匪《あらず》んば言う勿れ
由るに匪んば語る勿れ。
酔い之《の》言に由《よ》らば
童羖《こ》を出さ俾《しめ》ん。
三爵すら識《し》ら不《ず》
矧《いわ》んや敢て多く又《また》するをや。

（五）およそこの酒を飲むのに
酔うもあり酔わぬもある。
さればその場の監督者を定めた上に
あるいはその補佐役を置いて監視する。

しかるにかの酔うた連中は不作法で
酔わざる者に反って恥辱を与える。
酔うた者に近づいて物を言うな
目に余る怠慢はさせるな。
言ってよいことでなければこれに言うな
従ってよいことでなければこれに語るな。
酔者の言うことに従っていたら
角の無い黒羊を出せなどと言いかねまい。
三爵《さんばい》飲んでさえ不覚になるのだから
ましてその上多く重ねたら大変だ。

◎酔狂者を警戒する詞である。○**監・史**　古代は宴会の際、司正という役を立てて、酔うて怠慢したり失礼したりする者を監督した。ここの監史はこれに当るであろうという。○**臧**《ぞう》　善いこと。○**式**　用《も》って。また無意義の発語。○**式て従って謂う勿れ……由るに匪んば語る勿れ**　この四句は諸家の説に首肯すべきものを見出さない。清の胡承珙《こしょうきょう》の「毛詩後箋」にも「諸説皆詰屈にして通じ難し。経の意は未だ必ずしも是の如くならざるべし」と疑っている。しばらくこれを、作者が酔わざる者に警告して、酔うた者に取合わぬがよいと注意する意味に解した。

○**童羖**　童とは羊に角の無いこと。羖は黒色の羊。和名ヤギ。牡《おす》も牝《めす》も皆角があるもので、角の無いのは実在しない。酔者が無い物を出せと無理を言うのである。○**三爵**　献と酬と酢との三爵。小宴は三爵を適度とするという。○**矧**　況《いわん》や。○**又**　復た。

西門行　城西門の歌　漢　無名氏

(一)出西門、歩念之。今日不作楽、当待何時。
(二)逮為楽、逮為楽当及時。何能愁怫鬱、当復待来茲。
(三)醸美酒、炙肥牛。請呼心所懽、可用解憂愁。
(四)人生不満百、常懐千歳憂。昼短苦夜長、何不秉燭遊。
(五)遊行去去如雲除、弊車羸馬為自儲。

(一)西門を出で
歩して之を念う。
今日　楽みを作さ不《ず》して
当に何れの時をか待つべき。

(二) 楽みを為すに逮《およ》ばん
楽みを為すに逮び当に時に及ぶべし。
何ぞ能《よ》く愁えて怫鬱《ふつうつ》として
当に復《ま》た来玆《らいし》を待つべけん。

(三) 美酒を醸《かも》し
肥牛を炙《あぶ》り、
心の懽《よろこ》ぶ所を請呼し
用《もっ》て憂愁を解く可し。

(四) 人生　百に満た不《ず》
常に千歳の憂を懐《いだ》く。
昼短く　夜の長きを苦しむ
何ぞ燭を秉《と》って遊ば不《ざ》る。

(五) 遊行去り去って雲の除くが如く
弊車　羸《るい》馬　自儲と為す。

(一) 城西の門を出で
歩きながら吾思うよう、

今日《こんにち》楽しみを作さずして
何《いず》れの時を待つべきであろうか。
（二）楽しみの出来る間にしておこう
楽しみの出来る間に、今の中にしておくべきだ。
何《どう》してむしゃくしゃと愁えて
また来年を待つことが出来よう。
（三）美酒を醸《かも》し
肥牛を炙《あぶ》り
好《す》いた仲間を請待し
以て憂愁を解くべきだ。
（四）人の一生は百にも足らぬのに
常に千歳の憂いを懐《いだ》いている。
昼は短かく、生憎と夜は長い
何《どう》して燭《あかり》をともして遊ばないのか。
（五）遊行して雲の晴るるが如く乗りまわす
破れ車と瘦馬は自家用だ。

◎これは漢代の楽府《がふ》、即ち歌曲である。「文選」所収の古詩十九首の第十五はこの篇の第二章及び第四章とほとんど同文である。蓋《けだ》しこの篇がその本をなすものであろう。○**西門**　中国の都市は皆周囲を城壁でかこみ、諸所に門があって郊外と通ずる。これはその西門である。○**逮**　及ぶ。追付くこと、後れぬこと。時機を逸せざること。○**怫鬱**　気のふさぐこと。○**来茲**　来年というほどのこと。

箜篌引　くごの曲　魏　曹植

(一) 置酒高殿上、親友従我遊。中廚辦豊膳、烹羊宰肥牛。
(二) 秦箏何慷慨、斉瑟和且柔。陽阿奏奇舞、京洛出名謳。
(三) 楽飲過三爵、緩帯傾庶羞。主称千金寿、賓奉万年酬。

(一) 酒を置く高殿の上
親友　我に従って遊ぶ。
中廚《ちゅう》　豊膳を辦《べん》じ
羊を烹《ほう》し肥牛を宰す。

（二）秦筝《しんそう》何ぞ慷慨《こうがい》なる
斉瑟《さいしつ》和にして且つ柔。
陽阿《ようあ》　奇舞を奏し
京洛　名謳《おう》を出だす。

（三）飲を楽みて三爵を過ごし
帯を緩《ゆる》めて庶羞《しょしゅう》を傾く。
主は称す千金の寿
賓は奉ず万年の酬。

（一）高殿《たかどの》に酒宴を張って
親友を招いて共に遊ぶ。
宮中の膳部は豊かな献立を供え
羊を割烹し肥牛を料理する。

（二）秦の筝《こと》は何と　はげしい音《ね》がすることか
斉の瑟《こと》は　なごやかに柔らかな音がする。
陽阿の踊り子は妙《たえ》なる舞を奏し
洛陽の歌い手は名曲をうたう。

（三）　飲酒を楽しんで三献《こん》を過ごし
帯を緩めて数々《かずかず》の料理を平らげる。
主人は千金の寿を称して献杯し
賓客は万年を祝うて返杯を奉《ささ》げる。

◎作者曹植《そうしょく》、字は子建《しけん》。魏の文帝の弟で陳王に封ぜられ、諡《おくりな》を思というので陳思王と呼ばれる。魏の代表的詩人で、劉楨《りゅうてい》と並べて曹劉《そうりゅう》と称せられる。後漢の初平三年に生れ、魏の太和六年に四十歳で卒した。（西紀一九二～二三二）◎これもやはり楽府で、「箜篌引」というのは楽曲の名である。箜篌《くご》は漢代に外国から伝来した楽器で、西洋のハープである。○**中厨**　宮中の料理場。○**宰**　料理すること。○**秦箏**　秦（陝西《せんせい》地方）の特有の絃楽器である。○**慷慨**　音調が激揚すること。○**斉瑟**　瑟は現行の日本のコトのように柱（コトジ）のあるもの。琴は柱を用いない。斉人（山東の北部）がこれを善く鼓《ひ》くという。○**陽阿**　漢の孝成帝の皇后趙飛燕《ちょうひえん》がかつて陽阿の公主家に依頼して歌舞を学んだという。陽阿は平原郡（今の山東省東部）に属する県。○**三爵を過ごす**　前に収めた「賓之初筵」篇の末章を見よ。○**庶羞**　多くの食品。○**千金・万年**　芽出たい詞を交して杯を献酬するわけである。◎以上の三章は宮廷の盛宴の状を詠じた叙事詩である。以下の三章はいわゆる、歓楽極まって哀情多き感慨を寄せた抒情詩である。

（四）久要不可忘、薄終義所尤。謙謙君子徳、磬折欲何求。
（五）驚風飄白日、光景馳西流。盛時不可再、百年忽我遒。
（六）生存華屋処、零落帰山丘。先民誰不死、知命復何憂。

（四）久要は忘る可から不《ず》
薄終は義の尤《とが》むる所。
謙謙たるは君子の徳
磬折《けいせつ》して何をか求めんと欲す。

（五）驚風《きょうふう》白日を飄《ひるが》えし
光景　馳せて西に流る。
盛時　再びす可から不《ず》
百年　忽《たちま》ち我に遒《せま》る。

（六）生存しては華屋に処《お》り
零落しては山丘に帰す。
先民　誰か死せ不《ざ》る
命を知らば復《ま》た何をか憂いん。

(四) 久しき交誼《こうぎ》を忘れてはならぬ
薄情に終れば義理知らずと誹られる。
謙遜は君子の美徳であるが
ぺこぺこ頭を下げて何を求めんとするのだ。

(五) 疾風が白日を吹き飛ばし
日光は一目散に西に流れる。
盛時は再び来らず
百年は忽《たちま》ち迫って我が生は卒る。

(六) 生存中は豪華な家屋に住んでも
命を落せば山丘に帰るのだ。
古人は誰でも死なぬものはない
天命を知ればこの上　何も憂うることはない。

○**久要**　久しき交わり。○**薄終**　交誼が永続せず薄情に終ること。○**謙謙**　卑遜なる貌。○**磬折**　磬は石板で造った打楽器で、「へ」の字形に曲っている。そのような恰好に腰を折って頭を下げること。もと敬意を表する姿勢であるが、ここのはぺこぺこ頭を下げる卑屈な態度を意味する。○**驚風**——、**光景**——　この二句は光陰の過ぎ易きを言う。光景は日光のこと。○**遒**《しゅう》

迫ること。○**零落**　草木の枯れ落ちること。ここでは人の死亡を意味する。○**先民**　古人。

百年歌　人一代の歌　晋　陸機

（一）一十時。顔如蕣華曄有暉、体如飄風行如飛。孌彼孺子相追随、終朝出遊薄暮帰、六情逸予心無違。清酒漿炙奈楽何、清酒漿炙奈楽何。

（一）一十の時。
顔は蕣華《しゅんか》の如く曄《ひかり》は暉《かがやき》有り
体は飄風の如く行くこと飛ぶが如し。
孌《らん》たる彼の孺子《じゅし》　相《あい》追随し
終朝　出遊して薄暮に帰る
六情　逸予《いつよ》して心《こころ》違《たが》う無し。
清酒　漿炙《しょうせき》　楽みを奈何《いかん》せん
清酒　漿炙　楽みを奈何せん。

（一）十代は
顔は木槿《むくげ》の花の如く光り輝き
体は疾風の如く行くこと飛ぶが如し。
かの美少年たちが附きまとい
早朝遊びに出かけて夕暮に帰る
感情は気楽で心はすなお。
清酒に炙肉《やきにく》、この楽しさを何としょう
清酒に炙肉、この楽しさを何としょう。

◎原詩は十首あるが、これには六首を選んだ。◎作者陸機《りくき》の字は士衡《しこう》、呉《ご》郡華亭《かてい》県（今の江蘇《こうそ》省松江《しょうこう》県）の人で、呉の永安四年に生れ、晋の太安二年に四十三歳を以て卒した（西紀二六一～三〇三）。弟の陸雲《りくうん》と並んで晋初を代表する文人である。○**蕣** 木槿。ムクゲ。○**曄**《よう》 光である。○**孌**《らん》 美好の貌。○**孺子** 子供。○**終朝** 早朝。朝飯前。○**六情** 喜怒哀楽好悪《こうお》をいう。○**逸予** 遊楽すること。○**漿炙** 漿《しょう》は汁である。肉を炙って汁をかけたものか、あるいは汁を附けて炙ったものか。確かなことは分らない。

（二）二十時。膚体彩沢人理成、美目淑貌灼有栄。被服冠帯麗且清、光車駿馬遊都城、高談雅歩何盈盈。清酒漿炙奈楽何、清酒漿炙奈楽何。

（二）二十の時。

膚体　彩沢　人理　成る
美目　淑貌《しゅくぼう》　灼として栄有り。
被服　冠帯　麗にして且つ清し
光車　駿馬　都城に遊び
高談　雅歩　何ぞ盈盈《えいえい》たる。
清酒　漿炙《しょうせき》　楽みを奈何《いかん》せん
清酒　漿炙　楽みを奈何せん。

（二）二十代は
皮膚の色沢《いろつや》も大人《おとな》びて
美しい目、淑《しと》やかな容貌、血色も良い。
身なりも綺麗さっぱりとして
光車駿馬を馳せて都城に遊び
話ぶりも歩きかたも誠に　おっとりしている。

清酒に炙肉《やきにく》、この楽しさを何としょう
清酒に炙肉、この楽しさを何としょう。

○**彩沢**　いろつや。○**人理**　理は肌理、即ちハダのキメである。成人してキメも大人らしくなったのである。○**栄**　華である。血色をいうか。○**盈盈**　端麗の貌。姿勢が正しく美しいこと。

（二）三十時。行成名立有令聞、力可扛鼎志干雲、食如漏卮気如熏。辞家観国綜典文、高冠素帯煥翩紛。清酒漿炙奈楽何、清酒漿炙奈楽何。

（三）三十の時。
行《おこない》は成り名は立って　令聞有り
力は鼎を扛《あ》ぐ可《べ》く　志は雲を干《おか》す
食は漏卮《ろうし》の如く気は熏《くん》の如し。
家を辞し国を観て典文を綜す
高冠　素帯　煥として翩紛たり。
清酒　漿炙《しょうせき》　楽みを奈何《いかん》せん、
清酒　漿炙　楽みを奈何せん。

（三）三十代は
行いは成り名は立って評判も好く
力は剛強にして志は甚だ高く
食慾旺盛で元気一ぱい
家を出で上京任官して文書を掌《つかさど》り
高冠を　かがやかし白帯を　ひらめかして颯爽たり。
清酒に炙肉《やきにく》、この楽しさを何としょう
清酒に炙肉、この楽しさを何としょう。

○**鼎を扛《あ》ぐ**　力の強いこと。扛とは両人で一つの重い物を持挙げること。鼎は銅製の大きなナベ。○**雲を干す**　志の高いこと。○**漏巵**　巵《し》はサカズキである。漏る杯は幾ら入れても満たすことは出来ない。○**熏**　煙が立上ること。意気の盛んなる形容。○**国**　都である。国を観る、とは上京というほどのこと。○**典文を綜す**　官吏として法典文書を掌ること。○**素帯**　生絹の真白いのを帯とする。大夫以上の地位に在る者がこれを用いたという。○**焕**　かがやくこと。高冠の形容らしい。○**翩紛**　翩は、ひるがえる。紛は、みだれる。素帯の形容であろう。

(四)四十時。体力克壮志方剛。跨州越郡還帝郷、出入承明擁大瑠。清酒漿炙奈楽何、清酒漿炙奈楽何。

(四)四十の時。
体力克《よ》く壮にして志方《まさ》に剛なり。
州を跨《また》げ郡を越えて帝郷に還り
承明に出入して大瑠《とう》を擁す。
清酒　漿炙《しょうせき》　楽みを奈何《いかん》せん
清酒　漿炙　楽みを奈何せん

(四)四十代は
体力壮健にして意志は剛毅な盛り。
州郡の長官を歴任して帝都に還り
大瑠を抱いて後宮の承明門を出入す。
清酒に炙肉《やきにく》、この楽しさを何としょう
清酒に炙肉、この楽しさを何としょう。

○州――郡――　州や郡の長官として地方を歴任したこと。○帝郷　帝都。○承明　陸機《りくき》の「洛陽記」に、承明門は後宮へ出入する門とあるという。○大璫　未詳。璫は侍従などが冠に附けた飾。これはそのような物の大きいのを、後宮出入の許可証として使用したのではあるまいか。

（五）五十時、荷旄仗節鎮邦家。鼓鐘嘈囋趙女歌、羅衣綷粲金翠華、言笑雅舞相経過。清酒漿炙奈楽何、清酒漿炙奈楽何。

（五）五十の時。
旄《もう》を荷《にな》い節に仗《よ》って邦家を鎮《しず》む。
鐘を鼓する嘈囋《そうさん》として趙《ちょう》女歌い
羅衣《らい》綷粲《さいさん》たり金翠華
言笑と雅舞と相《あい》経過す。
清酒　漿炙《しょうせき》　楽みを奈何《いかん》せん
清酒　漿炙　楽みを奈何せん。

（五）五十代は
指麾旗《さしずばた》を荷い符節《わりふ》を携えて国乱を鎮めた。

凱旋を祝い鐘を打ち囃し立てて趙《ちょう》女は歌い
舞衣《まいぎぬ》はきらびやかに首飾《かみかざり》は金翠輝く
言笑と雅舞と相間て《あいへだて》起る。
清酒に炙肉《やきにく》、この楽しさを何としょう
清酒に炙肉、この楽しさを何としょう。

○**旄**　旗竿の先に牛尾を下げたもの。軍を指麾《しき》するに用いる。○**節**　符節、ワリフである。全竹を両分し、その各一を取り、合して験《あかし》となすもの。使臣がこれを与えられて証拠とした。この一句は将軍が寇乱《こうらん》討伐の命を受け、この二つの物を持って出征し、平定して帰還したことである。下はその凱旋祝賀の筵である。○**嘈囋**　種々の声が一斉に起って、にぎやかなこと。○**趙女**　趙は今の河北省の南部と山西省の東北部の地である。当時の都洛陽の北に在って近距離なので、その地方から妓女が来ていたわけであろう。「楚辞」の大招篇にも「趙簫《しょう》倡《とな》う」とあり、この地方の音楽は周代から有名であったらしい。○**綷粲**　綷は雑彩《ざっさい》である。粲は燦《さん》に同じ、光色目もあやなること。羅衣の模様の光彩あること。○**金翠華**　女の首飾《かみかざり》である。金は黄金、翠は翡翠《かわせみ》の羽毛。これらを用いて造った花かんざしの類らしい。曹植の洛神賦《らくしんふ》に「金翠之《の》首飾を戴き」と見えている。○**雅舞**　漢以後、楽舞に雅舞と雑舞とあり、雅舞は郊廟・朝饗に用い、雑舞は宴会に用いたという。○**相経過**　この語は分りにくいが、この一句の意は、一しきり舞があって、終ると客の笑いさざめく声が起るということらしい。

（六）六十時。年亦耆艾業亦隆。驂駕四牡入紫宮、軒冕婀那翠雲中。子孫昌盛家道豊。
清酒漿炙奈楽何、清酒漿炙奈楽何。

（六）六十の時。
年も亦た耆艾《きかい》　業も亦た隆《たか》し。
驂駕《さんが》　四牡《しぼ》　紫宮に入る
軒冕《けんべん》　婀那《あだ》たり翠雲の中。
子孫　昌盛《しょうせい》にして家道豊かなり。
清酒　漿炙《しょうせき》　楽みを奈何《いかん》せん
清酒　漿炙　楽みを奈何せん。

（六）六十代は
年も老いたし功業も隆《たか》い。
三頭立て四頭立ての馬車で宮廷に入り
車服美々しく雲の上を馳する。

子孫は繁昌、家産は豊か。
清酒に炙肉《やきにく》、この楽しさを何としょう
清酒に炙肉、この楽しさを何としょう。

○**耆艾**　年六十を耆《き》といい、五十を艾《かい》という。故に耆艾《きかい》は老人の通称である。○**駿駕**　三頭の馬に車を引かせること。○**四牡**　四頭の馬に車を引かせること。○**紫宮**　帝王の宮城。○**軒冕**　軒は大夫以上の乗車。冕は大夫以上の礼冠。○**婀那**　美しい貌。○**翠雲**　宮中を指して謂ったものらしい。◎以下七十時より百歳時に至る四首は飲酒の楽しみ無きを以てこれを省略する。

前有一罇酒行　前に一樽の酒有る歌　晋　傅玄

(一) 置酒結此会、主人起行觴。玉罇両楹間、糸理東西廂。舞袖一何妙、変化窮万方。
(二) 賓主斉徳量、欣欣楽未央。同享千年寿、朋来会此堂。

(一) 酒を置いて此会を結び
主人起《た》って行觴《こうしょう》す。

玉罇《ぎよくそん》は両楹《りようえい》の間
糸は理《おさ》む東西の廂。
舞袖一《いつ》に何ぞ妙なる
変化　万方を窮《きわ》む。
（三）賓主　徳量を斉《ととの》うし
欣欣として楽み未だ央《なかば》ならず。
同じく享《う》く千年の寿
朋《とも》来りて此堂に会す。

（一）酒席を設けてこの会を結び
主人が起上って杯を進める。
美事な樽は二本柱の中間に置かれ
音楽は東西の対屋《たいのや》で奏する。
舞の袖の　まあ　なんと妙《たえ》なることよ
変化を窮めて種々《くさぐさ》の品《しな》を尽す。
（三）客も主人《あるじ》も徳望家ぞろい
にこにことして楽しみは尽きぬ。

一同祝う千代の寿《ことぶき》
友垣は来りてこの堂に集《つど》う。

◎これは楽府《がふ》である。作者傅玄《ふげん》は楽府を多く作っている。晋初の人で、陸機よりも先輩であるが、その作品は一段下る。○**行觴** 行酒というに同じ。酒を觴《さかずき》に酌んで客に奉《ささ》げることである。○**罇** 樽に同じ。我国のタルに相当する。○**両楹** 楹は柱である。「儀礼」の燕礼によれば、尊を東楹《とうえい》の西に置くとあるから、これは東西両楹の間を意味するであろう。○**糸** 絃楽である。○**理** 治む。楽を奏すること。○**廂** 正寝《おもや》の前方（南）庭の東西に相対して建てられたる小室。正寝は南向の本堂であり、そこで宴飲が行われ、東西の廂で音楽が奏せられるのである。○**一に何ぞ** 一は誠に、実に、というほどのこと。○**欣欣** 喜ぶこと。○**央** 半ば。

置酒高楼上　高楼の上に酒宴を張る　宋　孔欣

(一) 置酒宴友生、高会臨疎櫺。芳俎列嘉肴、山罍満春青。
(二) 広楽充堂宇、糸竹横両楹。邯鄲有名倡、承閒奏新声。

(一) 酒を置いて友生を宴し
高会して疎櫺《それい》に臨む。
芳俎嘉肴《そかこう》を列《つら》ね
山罍《さんらい》　春青を満たす。
(二) 広楽《こうがく》　堂宇に充《み》ち
糸竹　両楹《りょうえい》に横たう。
邯鄲《かんたん》　名倡有り
閒《かん》を承《う》けて新声を奏す。

(一) 酒席を設けて友人を招き
格子造りの欄干に臨んで盛宴を張る。
膳には佳肴《かこう》を列《つら》ね
樽には緑酒を満たす。
(二) 楽声は会場に充《み》ち
管絃は二本柱の間に居ならぶ。
邯鄲《かんたん》から来た有名な歌手が
余興に新曲を歌う。

◎これも楽府である。作者孔欣は晋末宋初の人で、陶淵明とほぼ同時代である。作品は幾らも遺されていない。芳は美称。○**疎櫺**　あらい格子。欄干に用いてあるのである。○**芳俎**　俎は我国の膳のようなもの。芳は美称。それに載せた肴が旨そうな香を発するからである。○**山罍**　罍《らい》は酒樽で、もとそれに雲雷の紋様が刻まれているので、この名称（雷と同音）が附けられたのであるという。これに「山」とあるは山の形が刻まれているのか。未詳。○**春青**　蓋《けだ》し春酒である。「青」とは緑酒のことか。未詳。○**両楹**　前出の「前有一罇酒行」の註を見よ。○**邯鄲**　趙《ちょう》の都である。前出の「百年歌」第五首に「趙女歌う」とあるを参照すれば、この地方に声楽の盛んであったことが想見される。○**間を承けて**　お慰みに、というほどのこと。文字通りには、間《ひま》を引受ける、ということである。

（三）八音何寥亮、四座同歓情。挙觴発湛露、銜盃詠鹿鳴。

（四）觴謡可相娯、揚解意何栄。顧歓来義士、暢哉矯天誠。

（三）八音何ぞ寥亮《りょうりょう》たる
四座同じく歓情す。
觴《しょう》を挙げて湛露《たんろ》を発し

盃《はい》を銜《ふく》んで鹿鳴《ろくめい》を詠ず。
(四) 觴謡　相娯《あいたの》しむ可し
揚解（觶？）意何ぞ栄なる。
顧歓す義に来るの士
暢《ちょう》なる哉《かな》天に矯《あぐ》るの誠《まこと》。

(三) 管絃の楽は　いとも清らかに
座客一同うちとけて
觴《しょう》を挙げて湛露《たんろ》の詩を吟じ
盃《はい》を含んで鹿鳴《ろくめい》の詩を詠ず。
(四) 酒を飲んで謡うは互の親睦となり
杯を揚げて語るはその意何ぞ栄《さかん》なる。
友義に集《つど》う諸君が好意を寄せて
誠心《まごころ》を天に誓うは愉快極まる。

〇**八音**　金石糸竹匏土革木《きんせきしちくほうどかくもく》の八音。楽器のすべて。〇**寥亮**《りょうりょう》「文選」の琴賦に「新声憀亮」とあるに同じ。「声の清徹する貌」と註せられている。音楽の清らかな声の形容である。〇**湛露**

「詩経」の小雅・湛露篇。天子が諸侯を宴する詩といわれている。○**鹿鳴**　「詩経」の小雅・鹿鳴篇。羣臣《ぐんしん》嘉賓を宴する詩といわれている。○**揚解**　未詳。疑うらくは「揚觶」の誤りではあるまいか。座右の書は二種とも「解」となっているが、未だ善本を検する暇がない。觶《し》は酒器。壺のような形の杯である。揚觶《ようし》という語は「礼記」の檀弓・郷飲酒義・射義などの篇に見えており、射義には両人が互に「觶を揚げて語る」と記されている。この詩の場合は上文の「挙觴」を承け、語を変えてこれと同義に用いたものと解せられる。○**顧歓**　顧眷・顧愛などと類似の用法で、カエリミ、ヨロコブ、好意を寄せるということであろう。○**義に来るの士**　義によって集れる友人たち、ということ。○**暢哉**　気がのびのびする。○**天に矯ぐ**　矯は高く挙ぐること。天に挙ぐるの誠とは、天地神明に誓って恥じない誠心《まごころ》ということか。

(五) 朝日不夕盛、川流常宵征。生猶懸水溜、死若波瀾停。当年貴得意、何能競虚名。

(五) 朝日　夕盛せ不《ず》
川流　常に宵征す。
生は懸水の溜《た》るる猶《ごと》く
死は波瀾の停まる若《ごと》し。
当年　意を得るを貴ぶ

何ぞ能《よ》く虚名を競わん。

（五）朝の日は夕方昇らない
川の流れは常に昼夜行く。
生は滝の水の垂るるが如く
死は池の波の停まるが如し。
当今は思う通りにして気ままに暮すが第一
何として虚名を競うていられよう。

○常に宵征　宵征は夜行であるが、この句の意は川の水が昼夜を舎《お》かず流れることである。○**当年**　今年。「当今」というほどのことらしい。○**意を得るを貴ぶ**　「世説新語」識鑑篇の張翰《ちょうかん》の言葉に「人生は適意を得るを貴ぶ」とあると同じ意味と思われる。しからば「思う通りに為し得るを貴ぶ」ことである。つまり名誉などは、どうでもよい、我が好きなように享楽して、現今の一日一日を過ごそう、というわけである。◎この章の第一第二句は、前出の陶淵明の「雑詩」其一の「一日再び晨なり難し」「歳月人を待たず」の意である。第三第四句は死生を一の如く見る道家の思想である。第五第六句は漢代以来、飲酒詩に往々見られる快楽主義で、淵明のいわゆる「時に及んで当に勉励すべし」の意である。

謫仙酣歌

李太白詩鈔

李《り》白《はく》、字《あざな》は太白《たいはく》。蜀《しょく》の綿州彰明《めんしゅうしょうめい》県（今の四川省西川道彰明県）青蓮郷《せいれん》で生れた。時に唐の中宗の嗣聖《しせい》十八年であり、粛宗《しゅくそう》の宝応元年、六十二歳を以て卒した（西紀七〇一～七六二）。年二十五、出遊して大江を下り、金陵（南京）揚州あたりを飲み歩き、一年とたたぬ中に三十余万金を散じて郷里に帰った。後十年、再び出でて山西山東を遊歴し、任城（今の山東省済寧《さいねい》県）に家を寓し、孔巣父《こうそうほ》等六人と徂徠《そらい》山に会して酒に耽り、竹渓六逸《ちくけいのりくいつ》と称せられた。玄宗皇帝の天宝元年（七四二）徴されて首都長安に入る。太子賓客賀知章その文を見、歎じて謫仙人《たくせんにん》（人間に貶謫《おとしなが》されたる仙人）と為し、以て玄宗に薦め、翰林院《かんりんいん》に供奉《ぐぶ》たらしめた。時に年四十二。これより宮廷に出入して殊遇を被り、往々宮中行楽の秘を詠ず、これその最も得意の時代である。やがて人の中傷に遭い、宮中に在ること僅かに三年にして放逐せられた。これより四方に遊ぶこと十年にして、天宝十四年安禄山が反して長安を陥るるの変起りしが、彼は南方長江沿岸の勝地に優遊していたのである。しかるに翌至徳元年、玄宗の第十七子永王璘《えいおうりん》が兵を起して金陵（南京）を取らんとするや、李白を召して僚佐となさんと強要す。翌年永王の兵破れて永王は殺され、李白も罪に坐して夜郎《やろう》（今の貴州省黔中《けんちゅう》道桐梓《とうし》県の東にあたる）に流された。これ乾元元年（七五八）五十八歳のことである。翌年赦に遇うて途中より帰り、江を下って漢陽（湖北）潯陽《じんよう》（江西）宣城《せんじょう》（安徽《あんき》）金陵（江蘇）等の地を往来飄遊すること三年、宝応元年当塗《とうと》（安徽）の県令李陽冰《ようひょう》の家に往きて拠り、その年十一月病死した。陽冰は白の遠縁の叔父で、白の遺詩を集めて「草堂集」十巻を編した。原本はすでに佚してその序文のみが現行の集に冠して遺されている。

李白の集の現存最古の善本たる東京静嘉堂文庫所蔵の宋刊本が、最近京都大学人文科学研究所で影印して発行された。よって本文は主としてこれに拠ることにした。ただし誤の明らかなるもの、及び通行本の方が適当と考えられる場合はこれを改めた。

将進酒　酒を　ささげ進むる歌

（一）君不見黄河之水天上来、奔流到海不復回。
（二）君不見高堂明鏡悲白髪、朝如青糸暮成雪。人生得意須尽歓、莫使金樽空対月。
（三）天生我材必有用、千金散尽還復来。烹羊宰牛且為楽、会須一飲三百杯。

（一）君見不《ず》や黄河之《の》水　天上より来る
奔流して海に到り復回《またかえ》ら不《ず》。
（二）君見不《ず》や高堂の明鏡　白髪を悲しむ
朝《あした》には青糸の如く暮には雪と成る。
人生　意を得て須《すべか》らく歓を尽すべし
金樽をして空しく月に対せしむる莫《なか》れ。
（三）天　我が材を生ずる必ず用いる有り
千金散じ尽して還復《なおまた》来る。
羊を烹《に》牛を宰《き》りて且《しばら》く楽みを為さん
会《まさ》に須《すべか》らく一飲三百杯なるべし。

（一）君見ずや黄河の水は源を天上に発し
奔流して東海に到り再び返らぬではないか。
（二）君見ずや高堂の鏡に映《うつ》して悲しむ白髪《しらが》も
朝には青糸《くろいと》の如く暮には雪となったのではないか。
人生は心まかせにして須《すべか》らく歓楽を尽すべきだ
金樽を空しく月に照らさせてはならぬ。
（三）天が我が才能を生んだ以上必ず用いる所があろう
千金使い果しても元通りまたやって来る。
牛を割《さ》き羊を烹て、まあ大いにやろう
すべからく一気に三百杯飲むべきだ。

○将進酒　もと漢代の楽府《がふ》の曲名である。これを題名として六朝間にも作られ、唐代に及んだ。およそ楽府は唐代ではただその題を借るだけで実際楽歌に用いるわけでないから、詩形は作者の随意である。「将」の字義を考うるに、「詩経」大雅、既酔篇「爾の殽《さかな》既に将《おこな》う」の毛伝に「将は行う也」といい、集伝には「将は行う也。亦奉持して進むるの意」とある。まさにこの用法を以て解すべく、しからば「将進酒」とは普通にいう所の「行酒」に等しい。行酒とは酒を酌んで客に奉《ささ》げることである。○**黄河の水**――　この二句は盛年重ねて来らずの喩えで、次の「白髪を悲しむ」云々二句を起こす為の前置きで、詩経の法にいわゆる「興《きょう》」である。○**意を得**　前出の孔欣の「置酒高楼上」の末章に「意を得るを貴ぶ」とある意味と同じらしい。その註を見よ。○**還復**　「還」に復《また》の訓があるので、江戸時代にはマタマタと訓じたが、近代の俗語の用法から遡って推定すると、仍（ナオ）の意がある。ヤッパリもとどおりに、ということ。○**且**　マズマズ、マアマアということ。○**会須**　このような使い方の「会」を江戸時代にはカナラズと訓じているが、清の劉淇《りゅうき》の「助字弁略」にはこれを「応也（マサニ）当也（マサニ）」と解している。而して「会当」は重言、即ち会と当と同義の字を重ねて用いたものと為し、「会須」はなお「会当」のごとしと解いている。その意味は「当然そうすべきだ」ということである。○**一飲三百杯**　これは後漢末の名儒鄭玄《じょうげん》の故事を用いたのである。袁紹《えんしょう》が鄭玄を餞別した時、会する者三百余人が、かわるがわるこれに杯を奉《ささ》げたので、朝から暮まで玄は三百杯飲んだわけだが、少しも乱れなかったという（世説、文学篇註）。

（四）岑夫子、丹丘生、進酒君莫停。与君歌一曲、請君為我傾耳聴。

（五）鐘鼓饌玉不足貴、但願長酔不用醒。古来聖賢皆寂寞、惟有飲者留其名。

（六）陳王昔時宴平楽、斗酒十千恣歓謔。主人何為言少銭、径須沽取対君酌。

（七）五花馬、千金裘。呼児将出換美酒、与爾同銷万古愁。

（四）岑夫子《しんふうし》　丹丘生《たんきゆうせい》
酒を進む　君停むる莫《なか》れ。
君が与《ため》に一曲を歌わん
請う君　我が為に耳を傾けて聴け。

（五）鐘鼓　饌玉　貴ぶに足ら不《ず》
但だ願わくは長酔して
――醒むるを用い不《ざ》るを
古来聖賢は皆寂寞たり
惟《た》だ飲者の其名を留むる有り。

（六）陳王　昔時《せきじ》　平楽に宴し
斗酒十千　歓謔《かんぎやく》を　恣《ほしいまま》にす。
主人何為《なんすれ》ぞ銭少しと言わんや
径《ただち》に須《すべか》らく沽《こ》取し君に対して酌むべし。

（七）五花の馬　千金の裘《きゆう》、
児を呼び将《もち》出して美酒に換え
爾与《なんじと》同じく銷《け》さん万古の愁。

（四）岑先生よ、丹丘君よ
御酒を召上れ　杯を停めたまうな、
君の為に一曲歌うから
君よ我が為に耳を傾けて聴いてくれたまえ。
（五）妙音も美饌も貴ぶに足らぬ
但だいつまでも酔うていて
——醒めたくない。
古より聖賢も死んでしまえば後はひっそり
ただ酒飲みだけが名を残している。
（六）むかし陳思王は平楽観に宴を張り
一斗一万銭の美酒を酌んで大騒ぎしたと聞く。
主人が何として銭が足らぬなど弱音を吐こうか
すぐさま酒を買い取って君等と酌まねばならぬ。
（七）五花の良馬、千金の皮衣《かわごろも》
子供を呼び持出して美酒に換えさせ
貴公等と一緒に万年の積る愁を打消そう。

○**岑夫子**　李白の集中に「岑徴君」と出ている人のことだという。名は未詳。○**丹丘生**　集中に往々「元丹丘」と出ている道士。○**陳王**　魏の曹操の子で詩人の曹植。陳王に封ぜられ、思と諡《おくりな》したので、陳思王と呼ばれる。その詩の名都篇に「帰来宴二平楽一、美酒斗十千」の句があるのをここに引用したのである。平楽は観（宮門の外に在る高い建物）の名。穴明き銭の千文を一貫（ひとつなぎ）として、計算の単位とするから、十千は一万銭である。○**五花**　馬の毛色が五種の紋様を為しているものという。ここでは「千金裘」と共にその贅沢を誇張したに過ぎない。

前有樽酒行　前に一樽の酒有る歌

（一）春風東来忽相過、金樽淥酒生微波。落花紛紛稍覚多、美人欲酔朱顔酡。青軒桃李能幾何、流光欺人忽蹉跎。

（二）君起舞、日西夕。当年意気不肯傾、白髪如糸歎何益。

（一）春風東より来って忽《たちま》ち相過ぎ

金樽の淥《りょく》（緑）酒　微波を生ず。
落花紛紛として稍《ようや》く多きを覚え
美人酔わんと欲して朱顔酡《だ》す。
青軒の桃李　能《よ》く幾何《いくばく》ぞ
流光　人を欺《あざむ》いて忽《たちま》ち蹉跎《さだ》す。
（三）君起って舞え、日は西に夕す。
当年の意気　肯《あえ》て傾かしめ不《ざ》れ
白髪糸の如くんば歎ずるも何の益。

（一）春風東より吹き来って、さっと過ぎれば
金樽の緑酒に微波《さざなみ》が立つ。
落花は、はらはらと次第に多きを感ずる
美人も酔が廻って顔を赤く染めた。
青軒の桃李の花も幾日保ち得るであろうか
光陰は人を待たずたちまち時機を失ってしまう。
（三）君よ起って舞え、日は西に傾く。
当今の意気を衰えさせてなるものか

白髪が糸の如くなっては歎くとも何の益《かい》があろう。

◎これも楽府《がふ》題である。前出の晋の傅《ふ》玄《げん》の「前有一罇酒行」と同題であるが、詩形は異る。○**渌酒**　宋本及び通行の諸本は「淥」に作り、清の王琦は「水の清きを渌と曰う。渌酒と謂うは清酒の義である」と註しているが、誤である。緑色の酒である。駢字類編（巻一三九）緑酒の条にはこの詩句をも引いている。用例が多い。前出の陶淵明の「諸人共遊周家墓柏下」詩の註を見よ。○**朱顔酡**　酡とは酒を飲んで顔が赤くなること。この句は「楚辞」招魂篇に「美人既に酔い、朱顔酡す（此ニ）」とあるに本づいたのである。楚辞には「既」とあるをこれには「欲」と改めた。「既に」は酔ってしまったこと。「欲」は「将《まさ》に」の義で、まだ十分酔っていない、ほろ酔いで、ほんのり顔を染めたところであろう。○**青軒**　軒は我国で言うなれば、寺の本堂の縁側のような場所である。この場合、そこのノキは柱などが青く塗ってあるのであろう。この青色と桃花の淡紅色と李花の青白色と配合が良いのである。この「青」という色は「群青《ぐんじょう》」即ち空色《そらいろ》の濃きもので、好んで建築の華麗なる粧飾に用いられたらしい。○**蹉跎**　時機を失うこと。○**日西に夕す**　実景と兼ねて盛年の過ぎ行くを喩えたのである。○**当年**　当今。この場合は若い盛りを意味するようである。

襄陽歌　襄陽の歌

（一）落日欲没峴山西、倒著接䍦花下迷。襄陽小児斉拍手、攔街争唱白銅鞮。傍人借問笑何事、笑殺山公酔似泥。

（一）落日　没《ぼつ》せんと欲す峴山《けんざん》の西
接䍦《しょうり》を倒著して花下に迷う。
襄陽《じょうよう》の小児斉《ひと》しく拍手し
街を攔《さえぎ》って争うて唱《うた》う白銅鞮《はくどうてい》。
傍人「借《しゃ》問す何事をか笑う」
「笑殺《さい》す山公　酔うて
——泥に似たるを」

（一）落日は将に峴山《けんざん》の西に沈もうとする時
白帽子を倒に冠《かむ》り花の下を　さまよう人がある。
襄陽《じょうよう》の子供たちが手拍子揃えて

街を遮《さえぎ》り争うて白銅鞮《はくどうてい》を唱うている。
傍の人「ちと尋ねます、何事を笑うのじゃ」といえば
「山様がべろべろに酔うているのが
――可笑しい」と答える。

◎李白はこの外に「襄陽曲」と題する短い歌を四首作っている。それは宋の随王誕の作った「襄陽楽」という歌曲に倣うて作ったものである。これはそれらを綜合拡大して長篇としたものらしい。○**襄陽**　今の湖北省襄陽道に在って漢水に臨む都会で、昔から著名な街である。○**峴山**　襄陽の東南に在り、漢水に臨むという。○**接䍦**　白い帽子である。これは晋の山簡の故事で、彼が荊《けい》州の長官たりし時、かつて襄陽なる高陽池に遊び、大酔して日暮駿馬に乗り、白接䍦を倒にかぶって帰ったので、人がその有様を歌に作ったという（世説、任誕篇）。○**白銅鞮**　梁の武帝の時「襄陽白銅蹄、反縛揚州児」という童謡が行われたので、帝自らこれを歌曲に作った。後人が「蹄」の字を「鞮」に改めたという。時代は山簡より後の事であるが、襄陽に関係があるので、ここに牽合《けんごう》したわけであろう。○**借問**　お尋ね申す、ということ。会話である。地の文ではない。○**山公**　山簡を指す。

（二）鸕鷀杓、鸚鵡盃。百年三万六千日、一日須傾三百盃。遥看漢水鴨頭緑、恰似葡

萄初醱醅。此江若変作春酒、壘麴便築糟丘台。
(三)千金駿馬換少妾、笑坐雕鞍歌落梅。車傍側挂一壺酒、鳳笙龍管行相催。咸陽市中歎黄犬、何如月下傾金罍。

(二)鸕鷀《ろし》の杓、鸚鵡《おうむ》の盃、
百年　三万六千日
一日須《すべか》らく三百盃を傾くべし。
遥かに看る漢水の鴨頭緑《おうとうりょく》
恰《あたか》も似たり葡萄の初めて醱醅《はっぱい》するに。
此の江若《も》し変じて春酒と作《な》らば
壘麴《るいきく》便《すなわ》ち築かん糟丘《そうきゅう》台。

(三)千金の駿馬　少妾に換え
笑うて雕鞍《ちょうあん》に坐して落梅を歌わん。
車傍に側《かたむ》け挂《か》く一壺の酒
鳳笙《ほうしょう》　龍管　行《ゆくゆく》　相い催す。
咸陽市中に黄犬を歎ずるは
何ぞ如《し》かん月下に金罍《らい》を傾くるに。

(二)鸕《う》の首形《くびがた》の杓と鸚鵡《おうむ》貝の盃で
一生を百年として三万六千日
毎日三百盃ずつ傾けるべきである。
遥かに見える漢水の色は鴨頭緑《おうとうりょく》
恰度《ちょうど》葡萄酒の諸味《もろみ》に添えを　したばかりのようだ。
この川がもし変じて春酒となるならば
麴を積み累ねて糟邱《そうきゅう》台を築こうものを。

(三)千金の駿馬を少妾と換えて手に入れ
笑うて雕鞍《ちょうあん》に跨って落梅の曲を歌い、
車の傍には一壺の酒を傾けて吊し
笙や横笛で囃し立てて行こう。
丞相となって咸陽市中で刑に臨み黄犬を歎《なげ》くより
月下に金罍《さかだる》を傾けて飲むが、どれほどましか。

○**鸕鷀**　鸕（う）である。この鳥の長い首の形に模して作った杓。酒を酌むに用いる。○**鸚鵡**　鸚鵡螺、和名オウムガイ。この貝の殻で造った杯。○**三百盃**　鄭玄《じょうげん》の故事。前出の将進酒の詩

第三章の註を見よ。○**鴨頭緑**　唐代に行われた染色の名称。鴨の頭の緑毛のような色。○**漢水**　源を陝西に発し、湖北に入り、襄陽を経て漢口で大江に注いでいる。大江すなわち揚子江の水は濁っているが、漢水は清《す》んでいる。されば鴨頭緑という形容も出来るわけである。○**葡萄**　葡萄酒である。唐の太宗が高昌から馬乳葡萄を収めて苑中に種え、酒を造らせた。その色は緑であったという。○**醱醅**　醱は酘であるという。酘とは熟した醪《もろみ》にさらに原料を投じ添えて増量をはかることである。醅は酒の未だ漉さざるもの、モロミである。蓋《けだ》し一度醸した葡萄酒に、再び緑色の葡萄を投じたばかりのモロミだから緑色なのである。それで鴨頭緑の形容に用いたのであるが、本心は水の色を見ても酒を連想するところに在るであろう。○**春酒**　「詩経」七月篇の毛伝に「春酒は凍醪なり」とある。即ち春のまだ寒い中（陰暦正月）に造り込む酒。日本の酒はこれに属する。中国には臘月（陰暦十二月）に造り込む臘酒、秋に造る桑落酒などがある。○**糟丘台**　酒の糟を邱とした故事は夏の桀王《けつおう》にも殷《いん》の紂王《ちゅうおう》にもある、要するに暴君のやりそうな事として空想されたに過ぎぬであろう。もちろん李白はそのような事には無関心、ただ酒あるのみであろう。○**壘麹**　壘は累と同じ。麹を積累《つみかさ》ねて糟邱台を築こう、というわけで、壘は動詞と見て「麹を壘《かさ》ねて」と読む方がよいかも知れぬ。○**駿馬少妾に換え**　後魏の曹彰が駿馬に逢うてこれを愛し、懇望して一人の妾と交換したという故事。○**落梅**　落梅花と名づける笛の曲であるという。○**鳳笙**　笙の小管笛十三本を束ねた形状を鳳鳥に像って、この美称が与えられている。○**龍管**　笛である。笛の音を龍の鳴声に擬してこの美称が与えられた。笛の

ことを龍吟ともいう。○**行** ユクユクと訓ず。行進しながら楽を奏するのである。○**相い催す**
催は促《うなが》すであり、迫《せま》るである。笙と笛との音が互に促迫して、せわしなく合奏すること。蓋し
主人自ら駿馬に跨り、歌妓楽人は後車に雑載して従わしめようとの趣向か。○**咸陽** 秦の首都。
今の陜西省長安県の東に在る渭《い》城に当る。○**黄犬を歎ず** 秦の始皇帝の丞相李斯《りし》の故事。罪を
得てその子と共に咸陽の市中で斬罪に処せらるるに臨み、子を顧みて「もうこれで汝と共に黄
犬を牽いて猟に行くことも出来なくなった」と歎いたという。○**金罍** 銅製の酒樽で、雷紋の
あるもの。

(四) 君不見晋朝羊公一片古碑材、亀頭剝落生莓苔。涙亦不能為之堕、心亦不能為之
哀。
(五) 誰能憂彼身後事、金鳧銀鴨葬死灰。清風朗月不用一銭買、玉山自倒非人推。
(六) 舒州杓、力士鐺、李白与爾同死生。襄王雲雨今安在、江水東流猿夜声。

(四) 君見不《ず》や晋朝の羊公 一片の古碑材
亀頭剝《はく》落して莓苔《まいたい》を生ず。
涙も亦《ま》た之が為めに堕つる能《あた》わ不《ず》
心も亦た之が為めに哀しむ能わ不。

(五)誰か能く憂えん彼《よ》の身後の事
金鳧《ふ》　銀鴨《よう》　死灰《しかい》に葬るを。
清風　朗月　一銭を用いて買わ不《ず》
玉山自ら倒る　人の推すに非ず。

(六)舒《じょ》州の杓、力士の鐺《そう》、
李白　爾与《なんじと》死生を同じくせん。
襄《じょう》王の雲雨　今安《いず》くにか在る
江水　東流して猿　夜声す。

(四)君は見ないか　晋朝の羊祜の為に建てた一片の石碑も
台石の亀の頭は剥《は》げ落ちて苔むしているを。
この有様では涙もこれが為に堕されない。
心もこれが為に哀しまれない。

(五)誰が死後の事など心配していられよう
金の鳧《かも》と銀の鴨《あひる》を死灰に葬ることなど　どうでもよい。
清風　朗月を賞するには一銭出して買わずともよい
酔えば推されなくても玉山の如く倒れる。

（六）舒《じょ》州の杓よ、力士の鐺よ
李白は汝等と生死を共にしよう。
浮名を流した楚の襄《じょう》王は今何処《どこ》にいるか
大江の水は東に流れ、猿が夜鳴いているばかり。

○**羊公一片の古碑材**　晋の羊祜《ようこ》が襄陽を治めていた時、折々峴山《けんざん》に登って遊んだ。死後地方の人々がその徳に感じ、その遊跡に記念碑を建てた。その碑を望む者は皆涙を堕したというので、杜預《とよ》がこれを堕涙碑《だるいひ》と名づけた。○**亀頭**　碑の台石を亀の形に造る風習があった。この碑もその様式である。○**莓**　苔である。○**誰か能く――金梟――**　この二句は元代以後の本には省略してある。○**金梟銀鴨**　未詳。あるいはこの二品を循葬する風習なのか。○**死灰**　大葬に附した灰か。○**玉山自ら倒る**　晋の嵆康《けいこう》が酔うて倒れる状を、当時の人が形容して「傀俄として玉山の将に崩れんとする若し」と評したという故事（世説、容止篇）。○**清風――、玉山――**　この二句は風月を友として飲酒を楽しもうとの意。○**舒州の杓**　舒州は今の安徽《あんき》省懐寧《かいねい》。唐代には酒器鉄器を産したという。蓋しこの地に産する鉄製の酒を酌む杓であろう。○**力士の鐺**　鐺《そう》は鎗《そう》の俗字。酒を温める器。燗鍋である。三本足のある釜であるという。「力士」について清の王琦の註に、「新唐書」の韋堅《いけん》伝に「予章力士甆飲器茗鐺釜」と見えていることを指摘している。ところが「旧唐書」を参照するに「予章郡の船は即ち名瓷の酒器・茶釜・茶鐺・茶椀」とあり、「文章は整然として通じ易い。これに拠れば「力士」二字は「名」の誤らしく思われる。右の文は各地の名産を船別に積んだ記録で、文中にいう所の予章は今の江西省《こうせい》南昌県《なんしょう》で、江西は今も磁器の名産地である。「力士」の名称は、やはり未詳である。〇**襄王の雲雨**　周代末期、楚の襄王が雲夢台《ぼう》に遊び、夢に巫山の神女と契り、別れる時神女がいう、妾は朝には雲となり暮には雨となって毎日現わるるであろうと（宋玉の高唐賦）。これは男女情事の通俗的な故事となっている。襄陽あたりは昔楚国の領地であったので、この故事を思い出したまでであろう。〇**江**　大江すなわち揚子江である。楚は大江の流域を領したので、ここに引合いに出したのである。〇**猿夜声**　湖北と四川の境あたりで江を挟んでいる巫峡《ふきょう》は猿が多いので有名である。李白の早発白帝城の絶句に「両岸の猿声啼いて住《とど》まら不《ず》」とあるところである。

梁園吟　梁園の歌

（一）我浮黄河去京関、挂席欲進波連山。天長水闊厭遠渉、訪古始及平台間。
（二）平台為客憂思多、対酒遂作梁園歌。却憶蓬池阮公詠、因吟淥水揚洪波。

（一）我　黄河に浮んで京関を去り

席《むしろ》を挂《か》けて進まんと欲すれば
——波　山に連なる。
天は長く水は闊《ひろ》くして遠渉を厭う
古《いにしえ》を訪うて始めて及ぶ平台の間《かん》。
（三）平台に客と為って憂思多く
酒に対して遂に作る梁園の歌。
却って憶《おも》う蓬池　阮公《げんこう》の詠
因《よ》って吟ず「淥水《ろくすい》　洪波を揚ぐる」を。

（一）われ黄河の舟に乗って京《みやこ》の関《せき》を去り
帆を掛けて進まんとすれば
——波は山に連なり、
天は長く水は闊《ひろ》くして遠行に厭きて来たが、
古蹟を訪うて始めて平台のほとりに辿りついた。
（二）平台に旅人となって憂思は多く
酒に対してついに梁園の歌を作る。
蓬池で阮籍《げんせき》の詠じた詩を憶《おも》い浮べ

「清らかな水は大波を揚げ」の句を口ずさむ。

◎この詩は天宝三年李白が宮廷を追われ、長安の都を去って東行した際の作で、時に年四十四。一に「梁苑酔酒歌」と題す。酒に鬱を遣るの詩である。○**梁園**　漢代の初期、梁の孝王が遊賞する為に営んだ庭園で、今の河南省開封県城の東南に在った。○**席**　席は莞蒲（イのたぐい）で織った敷物。それを帆に用いる。○**平台**　春秋時代に宋の平公が築いた台で、梁の孝王が大いに宮室を営むや、宮殿からここまで三十余里を複道（高架道）で連属して離宮を造ったといい、遺跡は今の河南　商丘《しょうきゅう》県の東北に在る。而して梁の孝王が都した睢陽《すいよう》は今の商丘県の南に故城があるというから、梁園は大分離れている。なお台というのは土を盛り、あるいは地形を利用して高いところに宮室を建造したものである。○**蓬池阮公の詠**　阮公は晋の詩人阮籍で、その傑作「詠懐」の詩の中に「徘徊ス蓬池ノ上、還顧シテ望ム二大梁ヲ一。渌水揚ゲ二洪波ヲ一、曠野莽茫茫タリ」云々とあるを指し、而して次の句にその中の一句を引用した。○**渌水**　渌は水の清いこと。

(三)　洪波浩蕩迷旧国、路遠西帰安可得。

(四)　人生達命豈仮愁、且飲美酒登高楼。平頭奴子揺大扇、五月不熱疑清秋。

(五)　玉盤楊梅為君設、呉塩如花皎白雪。持塩把酒但飲之、莫学夷斉事高潔。

(三) 洪波　浩蕩《こうとう》として旧国に迷い
路遠くして西帰　安《いずく》んぞ得可《うべ》けん。
(四) 人生　命に達すれば豈《あ》に愁うるに
――仮《いとま》あらん
且《しばら》く美酒を飲まんと高楼に登る。
平頭の奴子　大扇を揺《うご》かし
五月も熱からず　清秋かと疑う。
(五) 玉盤の楊梅　君が為に設くと
呉塩　花の如く皎《しろ》きこと白雪。
塩を持ち酒を把《と》って但だ之を飲み
夷斉《いせい》を学んで高潔を事とする莫《なか》らん。
(三) 大波は　ひろびろとして旧国の水に迷い
路は遠くして西に帰ることも覚束ない。
(四) 人生は天命だと暁《さと》れば愁える
――暇なぞあるものか
まずまあ美酒でも飲もうと高楼に登れば、

平頭巾《ひらずきん》の給仕人が大扇《おおうちわ》であおいでくれて
夏のさなかも熱からず、はや秋かと疑われる。
(五) 玉《ぎょく》の盤《はち》の楊梅《やまもも》は別誂《べつあつら》え
呉塩は花の如く皎《しろ》きこと雪の如し。
塩を抓み酒を把《と》って　ひたすら飲もう
伯夷《はくい》・叔斉《しゅくせい》を学んで高潔な　まねなどすまい。

◎この篇は毎章韻を換えてあり、而して第三章は「国」と「得」と韻を押しており、二句で一章になっている。この二句に重点を置いてあるように見える。○**浩蕩**　水の広大な貌。○**旧国**　この地方は戦国時代の梁国の跡で、旧い歴史がある所である。○**西帰**　西南の方郷里蜀《しょく》(四川)に帰ること。○**仮**　暇と通ず。○**平頭**　頭巾の名。庶民の用いるもの。○**奴子**　酒楼の給仕人。○**五月**　仲夏である。○**玉盤**　玉《ぎょく》で造った平鉢。○**楊梅**　ヤマモモ。○**君が為に設く**　これは奴子《どし》が言う詞で「お客様に楊梅を特別に用意しました」というほどのことか。現今でも主として酒を飲ます店の下物は簡単なツマミ物程度である。この店の下物は塩が普通であるらしい。○**呉塩**　今の江蘇《こうそ》省の海岸で製した塩。○**夷斉**　殷代の人伯夷と叔斉の兄弟のこと。彼らは周の武王が殷の紂《ちゅう》王を伐たんとするを諫めて聴かれず、周の粟を食まずと、首陽山に隠れて餓死した。

(六)昔人豪貴信陵君、今人耕種信陵墳。荒城虚照碧山月、古木尽入蒼梧雲。
(七)梁王宮闕今安在、枚馬先帰不相待。舞影歌声散淥池、空余汴水東流海。

(六)昔人　豪貴なり信陵君《しんりょうくん》
今人　耕種す信陵の墳。
荒城　虚《むな》しく照らす碧山の月
古木　尽く入る蒼梧《そうご》の雲。
(七)梁王の宮闕《きゅうけつ》　今　安くにか在る
枚馬《ばいば》　先帰して相待たず。
舞影　歌声　淥池《りょくち》に散じ
空しく余す汴水《べんすい》の東　海に流るるを。

(六)昔の人で豪貴なのは信陵君《しんりょうくん》
今の人はその信陵の墳《つか》を耕している。
荒城に虚《むな》しく照らすは碧山の月
古木は尽く蒼梧の山の雲に陰《かく》された。

（七）梁王の宮殿は今いずこ
枚乗《ばいじょう》・司馬《しば》相如《しょうじょ》は先きに帰った、孝王の死を待たずに。
舞影　歌声は淥池《りょくち》に跡形も無く
空しく余すは汴河の水の東して海に流るるのみ。

○信陵君　戦国時代、魏の公子無忌は信陵君に封ぜられ、仁にして士を優遇し、非常に人望があった。その墓は開封府浚儀県の南に在ったという。この時李白はあるいはその遺跡を訪うたであろう。**○蒼梧の雲**　帰蔵という書に「白雲有り蒼梧自《より》出でて大梁に入る」とあるという。蒼梧は湖南の南境に在る山。**○枚馬**　枚乗と司馬相如。かつて梁の孝王に仕えた著名な文人。**○先帰**　梁の孝王は漢の景帝の中元六年に死んだ。よって枚乗・司馬相如等はその郷に帰ったのである。「先帰」云々は史実と合わぬ。**○汴水**　梁園のあった開封、梁の都のあった商邱《しょうきゅう》を経て淮水《わいすい》に入り東海に注ぐ河。

（八）沉吟此事涙満衣、黄金買酔未能帰。連呼五白行六博、分曹賭酒酣馳暉。
（九）歌且謡、意方遠。東山高臥時起来、欲済蒼生未応晩。

（八）此事を沉吟して涙　衣に満つ

黄金　酔を買うて未だ帰る能《あた》わず。
五白を連呼して六博を行《おこな》い
曹を分ち酒を賭《と》して酣《たけなわ》に暉《ひかり》を馳す。
(九)歌い且つ謡う、意《まさ》方に遠し。
東山の高臥　時に起《た》ち来り
蒼生を済《すく》わんと欲す未だ応に晩《おそ》からず。

(八)この事を思いなやめば涙に湿れる我が衣《ころも》
黄金で酔を買うて未だ帰り得ず、
五白を連呼して六博を行い
組を分けて酒を賭《か》け熱中して日かげを移す。
(九)歌いに謡うて、心が　やっと落着いて行末を思うに
暫く東山に隠れ、時を見て起《た》ち
済民に乗り出すも未だ晩《おそ》くはあるまい。

○六博　博は双陸《すごろく》に似た遊戯で、六本の箸と、黒六・白六・計十二箇の棊とを使用し、六箸を投げてその得点により、罫を引いた盤の上に棊《き》を動かして勝負を競うので、これを六博という

のである。○**五白**　箸を投げて出た形を歯と名づけて、得点の標準になるわけであるが、これもその歯の一様式で、得点が多いのらしい。それで「五白」を連呼し、これが出ることを祈って箸を投げるわけである。○**曹**　なかま。組。○**酣**　タケナワと訓する。原義は盛んに酒を飲むことであるが、この場合は博戯に熱中すること。○**暉を馳す**　暉は日の光である。馳とは時を移すこと。想うにこの二句は「楚辞」招魂篇に博戯をする条があり、それに本づいているらしく、楚辞に「白日を費す」とある一句が、丁度この意に当る。○**歌い且謡う**　詩経から出た句である。歌とは楽器に合せて歌うこと。謡とは楽器なく、徒《た》だ肉声のみで歌うこと。○**東山の高臥**　この二句は謝安の故事を用いて、李白自ら暫く野に在りて優遊し、時至らば出でて天下の民を済うことを実行するとしても未だ晩くない、との抱負を述べたのである。晋の謝安、字《あざな》は安石、若くして重名あり、東山に隠居し、妓女を連れて浮れ廻わっていたので、誰かが語を為して曰く「安石出でずんば天下の蒼生を如何せん」と。年四十、始めて出でて桓温の司馬と為り、戦功を立てて栄達したという。○**蒼生**　あおひとくさ。人民。

金陵酒肆留別　金陵の居酒屋で暇乞い

白門柳花満店香、呉姫圧酒喚客嘗。金陵子弟来相送、欲行不行各尽觴。請君問取東流水、別意与之誰短長。

白門の柳花　満店香《かん》ばし
呉姫　酒を圧《あっ》して客を喚《よ》びて嘗《の》ましむ。
金陵の子弟　来りて相送り
行かんと欲して行か不《ず》　各　觴《さかずき》を尽す。
請う君　問取せよ東流の水に
別意と之《これ》与《と》　誰《いずれ》か短長。

白門の柳花は満ちて店中《みせじゅう》が香ばしく
南京娘《なんきんむすめ》が酒を圧《こ》して、一杯いかがと客を招く。
金陵の若者たちが来て送別してくれる
もう行こうと思えども行きかねて銘々酒量を尽す。
諸君よ問うてみたまえ東流の水に
惜別の情と水の流れといずれが長いかと。

○**金陵**　今の江蘇《こうそ》省南京。○**留別**　送別の反対。送られる人が別れを惜しむこと。○**白門**　金陵のこと。○**柳花**　春になると柳に綿のような花が咲いて飛び散る。また柳絮《りゅうじょ》ともいう。○**満店香**　柳花が店に満つるのであるが、柳花には香は無い。香うのは酒であるが、柳の花が香うように思われるのである。○**呉姫**　金陵の娘。金陵は三国時代に呉の都した所である。○**酒を圧す**　新たに熟した醪《もろみ》を酒槽《さかふね》で圧して清酒を滴らすことである。もちろんこんな力仕事は男がするのであろうが、圧した酒を客に飲ますのが娘たちの奉仕である。○**嘗**　試飲である。新酒が出来ました、まあ飲んで見て下さい、と客を喚ぶのであろう。○**子弟**　青年。○**觴を尽す**　飲めるだけ杯を重ねること。○**東流の水**　揚子江の水である。金陵はその沿岸に在る。

南陵別児童入京　南陵で児童に別れて京に入る

(一)白酒新熟山中帰、黄雞啄黍秋正肥。呼童烹雞酌白酒、児女歌笑牽人衣。高歌取酔欲自慰、起舞落日争光輝。

(一)白酒新たに熟して山中に帰る
黄雞《けい》　黍《しょ》を啄《ついば》んで秋正に肥ゆ。
童を呼び雞を烹《に》て白酒を酌む

児女　歌笑して人の衣を牽く。
高歌　酔を取って自ら慰めんと欲す
起って舞えば落日　光輝を争う。

（一）濁酒《にごりざけ》が熟《でき》たての　ところへ山中に帰って来た
時は秋、黄鶏《けい》は黍《きび》を啄《ついば》んでまさに肥えている。
小僧を呼び雞《とり》を烹《に》させて濁酒を酌めば
児《むすこ》や女《むすめ》は歌い笑うて父の衣《ころも》に取りすがる。
父も高らかに歌い、酔を取って自ら慰めんと欲し
立上って舞えば落日も我と光輝を争う。

◎この詩は李白が道士呉筠《ごいん》の推薦により、天宝元年長安に召されることになった、その出発の際の作と認められている。○**南陵**　今の安徽《あんき》省蕪湖道南陵県で、そこに家族を置いていたのである。○**白酒**　醪（モロミ酒）である。○**帰る**　この年の春には山東に遊び、夏には越（浙江）に遊び、秋になって南陵に帰って来たのである。○**童**　これは童僕すなわち召使の小僧であろう。○**光輝を争う**　酔うて赤くなった顔に、夕日が当って光るのであろう。

(二)遊説万乗苦不早、著鞭跨馬渉遠道。
(三)会稽愚婦軽買臣、余亦辞家西入秦。仰天大笑出門去、我輩豈是蓬蒿人。

(二)万乗に遊説《ゆうぜい》す　早から不《ざ》りしに苦しむ
鞭を著《つ》け馬に跨って　遠道を渉《わた》る。
(三)会稽《かいけい》の愚婦　買臣《ばいしん》を軽んず
余も亦《ま》た家を辞して西　秦に入る。
天を仰ぎ大笑して門を出で去る
我輩豈《あ》に是れ蓬蒿《ほうこう》の人ならんや。

(二)遅蒔《おそま》きながら天子謁見を仰付けられたので
鞭を執り馬に跨って遠道を行く。
(三)会稽《かいけい》の愚婦が軽んじた朱買臣《しゅばいしん》は立身して長安に出た
余もまた家を去って西のかた長安に向う。
天を仰ぎ大いに笑って門を出て行く
我輩が何《どう》して草深い田舎に埋れる人物だろうか。

○**遊説**　諸国を遊歴して王侯に政見を説き、以て用いられんことを求めること。春秋戦国時代に多く行われた。○**万乗**　天子のこと。○**会稽の愚婦**　前漢の朱買臣は会稽郡の人、学を好んで家が貧しく、薪を売って生活した。その妻これを厭い離縁を求めて去った。後数年にして買臣は文学を以て召されて長安に至り、武帝の宮廷に仕えて栄顕するに至った。○**秦**　今の陝西《せんせい》省。ここでは召されて長安の都に往くこと。○**蓬蒿**　蓬はヨモギの一種。葉が柳に似ているので、和名ヤナギヨモギという。蒿もヨモギの類である。青蒿・白蒿など種々あるが、荒地に生じ易き雑草である。雑草の代表としてこの二つが挙げられるわけである。「蓬蒿の人」とは野に埋れて生涯を終る人。

魯郡東石門送杜二甫　魯郡の東、石門にて杜甫を送る

(一)　酔別復幾日、登臨徧池台。何言石門路、重有金樽開。
(二)　秋波落泗水、海色明徂徠。飛蓬各自遠、且尽林中盃。

(一)　酔別復《ま》た幾日ぞ　登臨　池台に徧《あまね》し。

何ぞ言わん石門の路
重ねて金樽の開く有らんと。
(三) 秋波　泗水に落ち
海色　徂徠《そらい》に明かなり。
飛蓬各々自ら遠し
且《しばら》く林中の盃を尽さん。

(一) この前酔うて別れてから復《ま》た幾日になるだろうか
君と随分方々の名所を遊覧して廻ったものだが。
どうして言えよう、石門の路で
重ねて樽を開いて飲むことがあろうなどと。
(二) 秋なれば泗水の水量《みかさ》は減《へ》り
海の色は徂徠《そらい》山の彼方に明かに見える。
お互に飛蓬の如く遠ざかる身の上だ
まあ林中の盃の数を重ね尽して大いに飲もう。

○魯郡　「旧唐書」地理志によると、天宝元年に兗州《えん》を改めて魯郡と為すとあり、即ち今の山東省滋陽県（兗州）を府城とする一帯の地区である。○**石門**　魯郡に属する曲阜《きょくふ》県（今も同名）の東北に在る山で、余り高大ではないが石峡が対峙して門の如くなっているので石門山と称するということである。曲阜は兗州の東北に在る。○**杜二甫**　詩人杜甫《とほ》である。「二」は彼がその家の従兄弟も一緒にして二番目の男児であることを示す。これを排行という。○**登臨**　山に登り水に臨む、即ち遊覧観光の意である。李白は天宝三年宮廷を追放されて、その夏洛陽で杜甫と逢い、秋には共に大梁・宋中の各地を遊覧している。ついで山東においてもこの石門の遊覧以前にも会飲の機会を持ったらしく、「酔別」云々の句はそれを指すものらしい。○**池台**　前出の「梁園吟」に見えている蓬池・平台などの名所を指すのであろう。この二句は倒句法である。先きには大梁で登臨し、近頃また山東で酔別し、親交を得たことを幸福とするが、今や君が遠く去らんとするを送る、と惜別の情を寓しているのである。○**何ぞ言わん**　今別れたならば、再びこの石門で君と飲むことがあろうとは予言できない。つまり会面の難きをいったのである。元以後の本には「何時」となっている。何時再会できるやら、というわけで、この方が通じ易い。○**秋波――落ち**　落ちるとは減水すること。李白の遊昌禅師山池詩に「秋水金池に落つ」という類例がある。蘇東坡《そとうば》の後赤壁賦《こうせきへきのふ》にいう「水落ち石出ず」と同じ意味。○**泗水**　泗水県に源を発する川で、その源が四つあり、その一つが曲阜県を経て兗州府城を貫いている。石門山から見えるのはこの流れであろう。○**徂徠**　曲阜の東北に在る山である。○**海色**　曲阜から海は非常に遠く、実際見えるはずはないが、想像を逞しくしたのであろう。○**飛蓬**

蓬は和名ヤナギヨモギ。秋になって枯れると根から抜け、風に吹き飛ばされて転げ廻るので、これを「飛蓬」といい、人の身の定住なく、さまようことに喩える。また「蓬転」という語も同義に用いる。ところでこの種の蓬は北方に多く、南方には稀である為に、南方人はその事実をよく知らない。例えば李白の贈従兄襄陽少府皓詩（巻九）の「生事如転蓬」に宋の楊斉賢は註して「蓬花は北土に之有り。団欒して毬の如く、風起れば則ち地に随って転じ、自ら止まる能わず」といってあるが、花ではない。（この条は清の王琦の註に引く所に拠る。「四部叢刊」本の楊斉賢註には欠けている。四部叢刊が底本とせる明の郭雲鵬校刻本は楊蕭二家の註を刪節した所が多い。明の許自昌校刻本の方が完備しているのに、何故これを用いなかったか、惜むべきである）。宋の陳長方の「歩里客談」にその外祖が遼に使して始めて蓬花を見た話を伝えて、「枝葉相属し、団欒して地に在り、風に遇えば即ち転ず。之を問えば転蓬なりと云う」と説明している。花ではないが、南方人には花と見なされていたわけである。○**林中の杯**　元以後の本には「手中杯」と改めているが、「林」が好いと思う。林間に酒を酌むところに妙味がある。それに「手中の杯を尽せよ」といえば、手に持った一杯の酒を飲みほせというに過ぎず、量が少い。「林中の盃を尽さん」といえば、飲めるだけ盃を重ねて飲み尽そうということになる。

訓中都小吏攜斗酒双魚于逆旅見贈

中都の小吏が斗酒・双魚を逆旅に攜《たずさ》えて贈見《らる》るに訓《む》くゆ（中都の小役人が一斗ばかりの酒と二尾の魚とを旅館に携えて贈られた御礼に）

（一）魯酒若琥珀、汶魚紫錦鱗。山東豪吏有俊気、手攜此物贈遠人。
（二）意気相傾両相顧、斗酒双魚表情素。

（一）魯酒は琥珀の若く
汶《もん》魚は紫錦の鱗。
山東の豪吏　俊気有り
手ずから此の物を攜《たずさ》えて遠人に贈る。
（二）意気相《あい》傾けて両《ふたつ》ながら相《あい》顧み
斗酒　双魚　情素を表わす。

（一）魯の酒は琥珀の如く
汶《もん》河の魚は紫錦《にしき》の鱗。

山東の豪気な吏員は機がきいている。
手ずからこの物を携えて遠来の我に贈ってくれた。
（二）意気投合して双方とも好意を寄せあい
一斗の酒と二尾の魚に真情を表わす。

○**中都**　今の山東省済寧道汶上《ぶんじょう》県。兗《えん》州の西北に在る。○**魯酒**　魯は春秋時代の国名。今の山東省の中部。中都は古の魯に属するが故にその酒を魯酒と呼んだのである。○**汶魚**　汶《もん》水で取れた魚。汶水は中都。（汶上）を流れる河。○**斗酒**　伊藤東涯の「制度通」に考えている所では、唐代の一升は我国の二合半か三合に当るという。従って一斗は三升以下に見てよいであろう。漢代の斗升は唐代の三分の一であるが、やはり「斗酒」と詩に詠じてある。酒量をいう時の単位たるに過ぎないであろう。○**情素**　真情というほどのこと。

（三）酒来我飲之、膾作別離処。双鰓呀呷鰭鬣張、跋刺銀盤欲飛去。
（四）呼児払机霜刃揮、紅肥花落白雪霏。為君下筯一餐飽、酔著金鞍上馬帰。

（三）酒来りて我之を飲み
膾《かい》は作る別離の処。

(四)双鰓《そうさい》は呀呷《がこう》し鰭鬣《きりょう》は張り
跋剌《はつらつ》として銀盤　飛び去らんと欲す。
児《じ》を呼び机《き》を払うて霜刃《そうじん》　揮《ふる》う
紅肥は花落し白雪　霏《ひ》たり。
君が為めに筯《はし》を下し一餐して飽き
酔著《すいちゃく》して金鞍　馬に上《のぼ》りて帰る。

(三)酒が来たので我これを飲み
膾《さしみ》は別れ際に作る。
二つの鰓《えら》は呼吸し鰭《ひれ》や背ひれは張り
ぴちぴちして銀の盤《はち》から飛び出そうとする。
(四)子供を呼び真魚板《まないた》を払うて氷の刃《やいば》を揮えば
赤身は落花の如く白身は雲の飛ぶが如し。
君の好意を受け箸《はし》を下して腹一ぱい食《た》べて
酔いながら金鞍置かせ馬に乗って帰る。

○**酒来——別離処**　この二句は元以後の本はこれを欠いでいる。○**膾**　昔からナマスと訓しているが、やや不当である。これは刺身の糸づくりで、細く作るほど良いとされている。六朝以来の詩賦に往々これを髪芒の如しとか縷《いと》の如しなど形容している。時としてこれを切る妙技がたたえられている。中国では今は広東以外の地方では食わない。○**鰓**　魚のエラ。○**呀呷**　呀《か》は口を張る貌。呷《こう》は吸うて飲むこと。呀呷は鰓で呼吸する貌と考えられる。○**鰭**　ヒレの総称。○**鬣**　脊《せ》鰭《ひれ》。○**跋刺**　潑刺に同じ。魚がぴちぴちはねる形容。○**机**　マナイタ。○**児**　膾を切るのは恐らく魚を携えて来た小吏で、「児」はその子供であろう。小吏が同伴したその子に、マナイタを持って来いと呼ぶのであろう。○**紅肥**　紅と肥と。即ち魚の赤い身と白い脂身。○**花落し白雪霏たり**　紅身（花落）や白身（白雪）を細く刻んだ形容。○**君が為めに**　酒と魚を贈った人に対して「君の好意を感謝して」というほどのことではなかろうか。○**酔著**　著は助字で、動作が停滞して現存することを示す。酔いつつ。

尋魯城北范居士、失道落蒼耳中。見范置酒摘蒼耳作。

魯城の北の范居士を尋ね、道を失うて蒼耳の中に落つ。范を見るや酒を置き蒼耳を摘んだので作る。

（一）雁度秋色遠、日静無雲時。客心不自得、浩漫将何之。

（二）忽憶范野人、閑園養幽姿。茫然起逸興、但恐行来遅。

（三）城壕失往路、馬首迷荒陂。不惜翠雲裘、遂為蒼耳欺。入門且一笑、把臂君為誰。

（一）雁度《わた》りて秋色遠く
日静かにして雲無きの時。
客心　自得せ不《ず》
浩漫として将に何《いずこ》に之《ゆ》かんとす。

（二）忽《たちま》ち憶《おも》う范《はん》野人の
閑園に幽を養うの姿を。
茫然として逸興を起こし
但だ恐る行来の遅きを。

（三）城壕に往路を失い
馬首　荒陂《は》に迷う。
惜ま不《ず》翠雲の裘
遂に蒼耳に欺《あざむ》か為《る》。
門を入り且つ一笑す
臂《ひじ》を把《と》りて君は誰とか為すと。

（一）雁が渡って秋色は遠く澄みわたり
日は静かにして雲も無い時、
旅情自ら慰めかねて
何処かに行ってみようと色々考える。

（二）ふと思い出したのは范《はん》野人の
閑《のど》かな田園に静かに暮らす姿。
ぼんやり何となく興味が湧いて
遅れじと、ひたすら急ぎ行く。

（三）城の壕《ほり》ばたで往く路を失《あやま》り
馬の進路が荒れた阪で分らなくなった。
しゃにむに草むらを分けるうち
ついに蒼耳《おなもみ》のおどろに迷わされた。
さて門を入って一笑すれば
主人は臂《ひじ》を把《と》って、君は誰《どなた》でしたかね。

○魯城　魯郡を治むる役所の所在地、即ち兗《えん》州。これを城というは、町の周囲に城壁をめぐらしてあるからである。〇**北**　この町の北方の郊外である。〇**范居士**　名や字は不明であるが、清の王漁洋《ぎょよう》の「居易録」によると、魯城の北に范氏《はんし》荘という村があるという。蓋《けだ》しその地の名家である。〇**蒼耳**　詩経に「巻耳」の名で出ている野草で、一名葈《し》耳。葉は食用に供せられ、子《み》は粉にして餅を作り、また点燈用の油を取るという。和名オナモミ。◎題意。魯城の北郊の范居を訪問せんとして、道を誤って蒼耳の密生せる中に迷い込んだ。やがて范に面会するや酒を勧め蒼耳を摘んで下物《さかな》に出されたのでその事を作った。〇**浩漫**　衆多なること。何処へ行こうかと、あれこれ色々考えるのである。〇**范然**　ぼんやりとして、とりとめなき貌。〇**行来**　行くこと。来は助字的用法らしい。〇**城壕**　域の壕《ほり》。〇**陂**　阪である。〇**翠雲の裘**　宋玉の諷賦に「承日之華を翳《かざ》し、翠雲之裘を披《ひら》く」とあるに本づく。みどりの雲の皮ごろもとは草木の繁茂せる状を喩えたのである。〇**惜ま不《ず》**　裘は高価な衣服であるから愛惜すべきであるが、この際は翠雲裘（野草）を惜しみなく馬蹄に蹴ちらして前進した、というわけである。

(四)　酒客愛秋蔬、　山盤薦霜梨。　他筵不下筯、　此席忘朝飢。

(五)　酸棗垂北郭、　寒瓜蔓東籬。　還傾四五酌、　自詠猛虎詞。

(六)　近作十日歓、　遠為千載期。　風流自簸蕩、　謔浪偏相宜。　酣来上馬去、　却笑高陽池。

(四)　酒客　秋蔬《しゅうそ》を愛し

山盤　霜梨を薦《すす》む。
他筵　筋《はし》を下《くだ》さ不《ず》
此の席　朝飢を忘る。

(五)酸棗《さんそう》北郭に垂れ
寒瓜《かんが》東籬に蔓す。
還《また》傾く四五酌
自ら詠ず猛虎の詞。

(六)近く作す十日の歓
遠く為す千載の期。
風流自《おのず》から籛《は》蕩《とう》し
謔浪《ぎゃくろう》偏《ひとえ》に相宜《あいよろ》し。
酣《かん》し来って馬に上り去り
却って笑う高陽池。

(四)酒客《さけのみ》は秋の蔬菜《そさい》を好む
田舎料理に梨が出された。
他の筵なら筋《はし》も付けない品だが

(五) この席では朝の飢《ひもじ》さを忘れるほどに頂いた。
酸棗《さんそう》は北の郊外に鈴成り
寒瓜《かんが》は東の籬《まがき》に蔓《から》んでいる。
例の如く四五献《こん》傾けてから
猛虎行の詞を自ら詠じた。

(六) 近ごろ十日の歓を作し
永遠に千載の期《ちぎり》を結んだ。
風流自《おのず》から盛んに発露し
戯言《じょうだん》の遣り取りに寸分の隙《すき》もない。
かくて酩酊して馬に上ぼり帰り去る
山簡が高陽池の酔心地も、ものかは。

○**霜梨**　「霜」は梨の熟する季節を表わすであろう。霜栗・霜橙・霜柑などの類例がある。○**酸棗**　野生の棗《なつめ》で、実は小さく、味は極めて酸ぱい物という。○**寒瓜**　冬瓜ではないらしい。未詳。○**猛虎詞**　猛虎行という古楽府に擬した作で、李白の集中に存するのがあるいはこれか。○**十日歓**　秦の昭王が平原君に書を与えて「君幸に寡人を過《よぎ》らば、願くは君と十日之飲を為さん」と申入れたという故事（史記、范雎伝）。優遇を意味する。李白が十日逗留したわけではない。○**簸蕩**　簸は穀物をサビルこと。蕩は震動すること。簸《は》揚震蕩《ようしんとう》して、盛んに発露すること。○**謔浪**　戯謔《ぎぎゃく》放蕩である。ジョウダンやシャレを言うこと。○**高陽池**　晋の山簡が高陽池で痛飲した故事。前出、襄陽歌第一章の註を見よ。

宴鄭参卿山池　鄭参卿の山池に宴す

(一)爾恐碧草晩、我畏朱顔移。愁看楊花飛、置酒正相宜。
(二)歌声送落日、舞影廻清池。今夕不尽盃、留歓更邀誰。

(一)爾《なんじ》は恐る碧草の晩《おく》るるを
我は畏る朱顔の移るを。
愁看す楊花の飛ぶを
置酒　正に相宜《あいよろ》し。
(二)歌声　落日を送り
無影　清池を廻《めぐ》る。
今夕　盃を尽さ不《ず》して

歓を留めて更に誰をか邀《むか》うる。

（一）君は緑草の時に後れるを恐れ
僕は紅顔の盛りを過ぎるを畏れ、
楊《やなぎ》の花の飛ぶを看て春愁を覚える
酒宴を設けるに恰度《ちょうど》好い季節だ。

（二）歌声は落日を送って夜となり
舞影は清池を廻《めぐ》って映《うつ》る。
今夕《こよい》盃の数を重ね尽さずに
楽しみを残してさらに誰を招こうとするのか。

○**参卿**　参軍、即ち秘書官のことらしい。○**山池**　別荘の池である。○**晩る**　若草でなくなること。晩春を意味するか。○**楊花**　柳花に同じ。前出、「金陵酒肆留別」の註を見よ。○**盃を尽す**　飲めるだけ、とことん飲むということ。

把酒問月　酒を把《と》って月に問う

〔原註。故人賈淳令予問之。＝故人賈淳　予をして之を問わ令む。〕

（一）青天有月来幾時、我今停盃一問之。人攀明月不可得、月行却与人相随。

（二）皎如飛鏡臨丹闕、緑烟滅尽清暉発。但見宵従海上来、寧知暁向雲間没。

（一）青天　月有って来《このかた》幾時ぞ
我今　盃を停めて一たび之を問う。
人　明月を攀ずるは得可《べ》から不《ず》
月行却て人与《と》相随う。

（二）皎《こう》として飛鏡の丹闕《たんけつ》に臨むが如く
緑烟滅し尽して清暉発す。
但だ見る宵《よい》に海上従《より》来るを
寧《なん》ぞ知らん暁《あかつき》に雲間に向って没するを。

（一）青天《あおぞら》に月があって以来《このかた》幾年になるだろう

我今盃を停めて一たびこれを問うてみる。
人は明月によじ登ることが出来ないのに
月の運行はかえって人と一緒に歩く。
（二）月の出は飛鏡が丹塗《にぬり》の闕《やぐら》に現われたように白いが
緑の夕靄《ゆうもや》が消えると清い光が輝き出す。
但だ宵に海上から昇り来るを見るばかりで
暁に雲間《くもま》に向って没するを何の知るものか。

○故人　古い知人。**○来**　以来の義。**○月行**　月の運行。**○丹闕**　朱色に塗った宮闕《きゅうけつ》。闕は宮門の外に建てられた楼観（物見やぐら）。夕焼け空を形容したものらしい。**○緑烟**　夕靄《ゆうもや》である。**○寧ぞ知らん**　酒に酔うて眠ってしまうから、月の落ちることなど知らないわけである。

（三）白兎擣薬秋復春、姮娥孤棲与誰鄰。今人不見古時月、今月曾経照古人。
（四）古人今人若流水、共看明月皆如此。唯願当歌対酒時、月光常照金樽裏。

（三）白兎《はくと》　薬を擣《つ》いて秋復《ま》た春
姮娥《こうが》　孤棲して誰与《と》か鄰《となり》す。

今人は見不《ず》古時の月
今月は曾経《かって》古人を照らせり。
（四）古人　今人　流水の若《ごと》し
共に明月を看ること皆此《かく》の如し。
唯だ願わくは歌に当り酒に対するの時
月光の常に金樽裏を照さんことを。

（三）月中では白兎《はくと》が秋となく春となく薬を搗《つ》いている
姮娥《こうが》が孤独に暮していて誰が隣にいるのか。
今の人は古の月を見たことはないが
今の月は曾《かつ》て古の人を照したことがある。
（四）古の人も今の人も流水の如く
皆このように共に明月を看ながら去って逝《ゆ》くのだ。
ただ我が願うことは歌を聴き酒を酌む時
月光が常に金樽の中を照していてほしいばかりだ。

○白兎薬を擣く　月中に兎《うさぎ》がいるという伝説は印度から伝わったものであるが、それが薬を擣いているのだとすることは、中国の神仙家のいわゆる不老不死の仙薬の説が加わったものらしい。これより前に、晋の傅玄の「擬天問」の文にも「月中に何か有る、白兎薬を擣く」と曰ってある。○**姮娥**　普通は嫦娥と書く。月に関する漢代の伝説で、「淮南子」覧冥訓に、羿《げい》が不死の薬を女仙西王母《せいおうぼ》からもらって来ると、その妻姮《こう》娥が盗み飲んで仙人となり、月中に逃げ去ったと述べてある。○**流水の若し**　流水の逝き去って再び返らざる如し。○**歌に当り酒に対す**　魏の曹操の「短歌行」の辞に「酒に対し歌に当らん、人生幾何ぞ」とあるに本づく。

金陵鳳凰台置酒　金陵の鳳凰台にて酒宴を張る

（一）置酒延落景、金陵鳳凰台。長波写万古、心与雲倶開。
（二）借問往昔時、鳳凰為誰来。鳳凰去已久、正当今日廻。

（一）酒を置いて落景を延ばす
金陵の鳳凰台。
長波　万古に写《そそ》ぐ
心は雲与《と》倶に開く。

(二)借問《しゃ》す往昔時
鳳凰　誰の為に来る。
鳳凰去って已に久し
正に当《まさ》に今日《こんにち》廻《めぐ》るべし。

(一)日の暮れるまで酒宴を張る
金陵の鳳凰台で。
長江の万古変らず瀉《そそ》ぐを見れば
心は雲と共に開け広がる。

(二)言問《ことと》わんその昔
鳳凰は誰の為に来たのか。
鳳凰が去ってよりすでに久しい
まさに今日《きょう》こそ廻《めぐ》り来るべき時である。

○**鳳凰台**　遺跡は金陵すなわち南京の城内の西南隅に在り、六朝時代の宋の元嘉年間に鳳凰がこの山に集《とま》ったので、瑞祥としてこのところに台を築いたのであるという。○**落景**　落日である。景はヒカゲ。○**延**　日が暮れて暗くなるまで飲むこと。○**長波**　長江すなわち揚子江を指す。李白にはこの外に「登金陵鳳凰台」と題する作があって名高いが、それによると、この台から揚子江を眺望することが詠ぜられている。○写　瀉に同じ。水が傾側して下に流れること。○ソソグと訓ず。この句は揚子江の水が万古永久に変らず流れていることを言ったのである。

今日廻る　中国の思想によると、聖明の君主が出て、世が泰平であると鳳凰が来集する、と考えられているので、この句は今日の聖代に必ず鳳凰は廻り来るであろう、と祝福したのである。

（三）明君越羲軒、天老坐三台。豪士無所用、弾琴酔金罍。

（四）東風吹山花、安可不尽杯。六帝没幽草、深宮冥緑苔。置酒勿復道、歌鍾但相催。

（三）明君　羲軒に越え

天老　三台に坐す。

豪士　用うる所無く

琴を弾じ金罍《らい》に酔う。

（四）東風　山花を吹く

安《いずく》んぞ杯を尽さ不《ざ》る。

六帝　幽草に没し

深宮　緑苔《りよくたい》に冥《くら》し。

置酒して復《ま》た道《い》う勿《なか》れ
歌鍾但だ相催《あいもよお》さん。

(三) 今や明君は伏羲・黄帝にも勝り
賢臣が三公の位に在る。
文豪も用いる所無く
琴を弾じ美酒に酔うのみ。

(四) 春風は山花を吹く好季節
どうして杯を重ねて痛飲せずにいられよう。
六朝の帝王の遺跡も草に埋もれ
その深宮は苔むして冥《くら》い。
そんな事など　もう言うな、ただ酒宴を張り
歌うて鐘で囃し立てよう。

○**羲軒**　羲は伏羲。軒は軒轅氏、すなわち黄帝のこと。これに神農を加えると、いわゆる三皇で、神話時代の聖君である。○**天老・三台**　「帝王世紀」に曰う、黄帝は風后を以て上台に配し、天老を中台に配し、五聖を下台に配す、これを三公という と。上台・中台・下台は星の名

である。「韓詩外伝」に、黄帝が即位して世は泰平となったが、未だ鳳凰の来るを見なかったので、天老を召して鳳凰に就いて質問したという伝説を載せている。この二句は現今上に明君あり、下にこれを佐くる賢臣のあることを言ったのである。○**豪士**　才力の勝れた人物。李白ひそかに自らこれに任ずるものである。国家の政治は政治家が備わって、吾々文人を必要としないから、吾々は琴を弾じ、酒を飲んでおれば好いのだというわけで、表面は大いに治世を賛歎しているが、裏面には不平が隠されているようである。○**金罍**　雷紋のある銅製の酒器。○**六帝**　呉・東晋・宋・斉・梁・陳、六朝の帝王。この六朝は皆金陵に都したので、ここにこれを懐古したわけである。○**歌鍾**　歌の伴奏として打つ鐘。鍾の字は鐘と通用する。○**相催**　せわしなく鐘を打つこと。

秋浦清渓、雪夜対酒。客有唱鷓鴣者。

秋浦の清渓にて、雪の夜　酒に対す。客に鷓鴣の曲を唱う者有り。

(一)　披君貂襜褕、対君白玉壺。雪花酒上滅、頓覚夜寒無。

(二)　客有桂陽至、能吟山鷓鴣。清風動牕竹、越鳥起相呼。持此足為楽、何煩笙与竽。

（一）君が貂《ちょう》の襜褕《せんゆ》を披《こうむ》り
君が白玉の壺に対す。
雪花は酒上に滅し
頓に覚ゆ夜寒の無きを。
（二）客に桂陽より至る有り
能く山鷓鴣《しゃこ》を吟ず。
清風　牕竹《そうちく》を動かし
越鳥　起《た》って相呼ぶ。
此を持ちて楽《がく》と為すに足る
何ぞ笙と竽《う》与《と》を煩さん。

（一）君が貂《てん》の皮ごろもを被《こうむ》り
君が白玉《はくぎょく》の酒壺《さかつぼ》に対《むか》えば、
雪花は酒の上に消えて
とみに夜寒《よさむ》の去るを覚ゆ。
（二）客に桂陽より来れる者あり
能く山鷓鴣《しゃこ》の曲を歌う――

清風は窓辺《まどべ》の竹をそよがせ
鷓鴣は起きて鳴きかわす――と。
これを持って音楽と為すに足る
何ぞ笙竽《う》の伴奏を煩わさん。

○**秋浦**　今の安徽《あんき》省貴池《きち》県。○**清渓**　貴池の北に在り。○**山鷓鴣**　羽調の曲である。○**貂**　鼠の属。和名テン。その毛皮は軽くて暖かいので珍重される。○**襜褕**　直裾《ちょくきょ》の襌《たん》衣で、寛裕《ゆったり》としたものであるという。襌衣は単衣《ひとえもの》である。ただしこの上等の毛皮に裏を附けぬはずはなかろう。直裾の形状は理会できない。○**披**　被と通ずる。上に引かけること。○**桂陽**　今の湖南省郴《ちん》県に当る。○**牕**　窗に同じ。窓の本字。○**越鳥**　鷓鴣のこと。越にこの鳥が最も多いから、越鳥というのである。形は鶉《うずら》に似てやや大きいものという。○**竽**　笙のたぐいで大きい。笙は管が十三本、竽は三十六本ある。

夜汎洞庭尋裴侍御清酌　夜　洞庭に浮び裴侍御を尋ねて清酌す

(一)日晩湘水淥、孤舟無端倪。明湖漲秋月、独汎巴陵西。

(二) 遇憩裴逸人、巌居陵丹梯。抱琴出深竹、為我弾鵾雞。
(三) 曲尽酒亦傾、北牕酔如泥。人生且行楽、何必組与珪。

(一) 日晩《く》れて湘水淥《きよ》し
孤舟　端倪《たんげい》無し。
明湖　秋月に漲る
独り汎《うか》ぶ巴陵《はりょう》の西。
(二) 遇《たま》ま憩《いこ》う裴《はい》逸人
巌居　丹梯を陵《しの》ぐに。
琴を抱いて深竹を出で
我が為に鵾雞《こんけい》を弾ず。
(三) 曲尽きて酒も亦傾く
北牕《ほくそう》に酔うて泥の如し。
人生且《しばら》く行楽せん
何ぞ必ずしも組《そ》と珪与《けいと》。
(一) 日は晩《く》れて湘水は清し

一葉舟《ひとはぶね》の行方《ゆくえ》定めず、
秋月の下に漲る湖水を
独り巴陵《はりよう》の西に浮ぶ。
(二)ゆくりなく世捨人裴《はい》氏が
高根を凌ぐ巖上の住家に憩《いこ》えば、
主人琴を抱いて深竹《たかむら》を出で来り
我が為に鵾雞《こんけい》の曲を弾ず。
(三)曲終って酒も出《いだ》され
北の窓べに酔うて泥の如し。
人生はとかく行楽のみ
何ぞ必ずしも栄達を求めん。

○**洞庭**　湖南省に在る湖。○**裴侍御**　裴は姓。名は知れない。侍御は官名。この人今は隠居しているが、かつてこの官まで進んだのである。○**湘水**　湖南省を南から北に貫いて流れ、洞庭湖の一部分を過ぎて長江に注いでいる川で、水は清らかである。○**端倪**　端は端緒、倪は極際である。端倪無しとは、何処から何処まで行くか、際限《はてし》無きこと。○**明湖**　月の光で明るい湖。洞庭湖を指す。○**漲**　増水していること。あの辺は夏の増水期には宛も洪水のように、岸の柳の幹を没するほどの奇観を呈するが、これは秋季のことだから、段々減じつつあるであろう。○**巴陵**　今の湖南省岳陽県。洞庭湖の東岸に在る。この辺で湘水は洞庭湖を通過しているので、「巴陵の西」とは即ち湘水及び洞庭湖である。○**遇**　偶の字と通用する。タマタマ。偶然である。○**逸人**　世捨て人。○**丹梯**　山高くして峰が雲に入るところをいう。○**陵**　淩と通ず。シノグ。○**鵾雞**　琴曲の名。○**傾**　酒を注いで飲むこと。○**牕**　窓の本字。○**組**　蓋《けだ》し印綬、即ち官職を掌る者に与えられる印章とこれに附けた組綬（クミヒモ）である。○**珪**　圭に同じ。玉《ぎょく》で造ったもので、勲章のたぐい。この二字は官途に就いて栄進することを意味する。

九日登巴陵置酒、望洞庭水軍

九月九日巴陵に登って酒宴を張り、洞庭湖の水軍を望む

（一）九日天気清、登高無秋雲。造化闢川岳、了然楚漢分。長風鼓横波、合沓蹙龍文。

（一）九日　天気清く
登高　秋雲無し。
造化　川岳を闢《ひら》き

了然として楚漢分る。
長風　横波を鼓し
合沓《ごうとう》して龍文を甃《しじ》む。

（一）九月九日　大空は晴れて
高きに登れば秋の雲も無い。
造物主は川と山とを闢《ひら》き
了然《はっきり》と楚山漢水を分けている。
絶えず吹く風は広がる波を鼓《う》ち
重ね合せて龍紋を寄せている。

○**巴陵**　今の湖南省岳陽県は昔これを巴陵県といった。巴陵という丘があって洞庭湖に臨んでいる。○**九日**　九月九日の重陽の節。○**登高**　九月九日に茱萸《ぐみ》を身に附け、高処に登って菊酒を飲めば災禍を免れるとされていた。ここでは巴陵に登ったのである。○**楚漢**　前の句の「川岳」を承けていう。楚は楚の岳、即ち湖南・湖北の山を漠然と指す。漢は漢の川、即ち湖北を流るる漢水を指す。巴陵から漢水は見えないが、山河の形勢を言ったまでである。○**鼓**　波の音を鼓を打つに喩えて謂う。○**合沓**　沓は重であり、合である。合沓は合い重なること。○**龍**

文 龍の鱗の紋様。波紋を喩えたのである。○**蹙**《しゅく》 縮むこと。皺を寄せること。

(二) 憶昔伝遊予、楼船壮横汾。今茲討鯨鯢、旌旆何繽紛。
(三) 白羽落酒樽、洞庭羅三軍。黄花不掇手、戦鼓遥相聞。

(二) 憶う昔 遊予を伝え
楼船壮《さか》んに汾《ふん》に横たう。
今茲《いまここ》に鯨鯢《げい》を討つ
旌旆《せいはい》何ぞ繽紛《ひんぷん》たる。

(三) 白羽 酒樽に落ち
洞庭 三軍を羅《つら》ぬ。
黄花 手に掇《と》ら不《ず》
戦鼓 遥に相聞こゆ。

(二) 憶えば昔、御遊《ぎょゆう》仰せ出され
楼船を威勢よく汾《ふん》河に横たえたものだ。
今はここに逆賊を討伐する

水軍の旗は何と盛んなことかな。
(三)　旗《はた》の白羽《しらは》は散って酒樽に落ち
洞庭湖に大軍を列ねている。
菊の花も手に採りあえず
陣太鼓は遥かに響く。

○**遊予**　予は安楽であり、遊ぶ意である。○**伝**　遊覧の準備すべき命を伝えるのである。○**楼船**　上に楼を設けた大船。○**汾**　汾水である。山西省の西南部を流れて黄河に注入している。○**憶昔**　李白が玄宗に召されて翰林供奉《かんりんぐぶ》たりし時代に、舟遊に扈従《こしょう》した追憶であろう。ただし汾水に舟を横たえたというは恐らく事実でなく、これは漢の揚雄の河東賦の故事を借りたものらしい。漢の成帝の元延二年三月に帝が羣臣《ぐんしん》を帥いて黄河を横ぎり、汾水の陰（南部）に至って后土を祭った。この時揚雄も扈従し、還って河東賦を作って上ったのである。河東は今の山西省の河東道である。○**鯨鯢**　盗賊に喩える。鯢は鯨の雌。旧註に云う、時に賊は華容県に迫ると。華容県は洞庭湖の北、巴陵の対岸に在り、今も地名同じ。蓋《けだ》し乾元二年八月、康楚元・張嘉延が襄《じょう》州に拠って乱を作し、九月に張嘉延が荊《けい》州を破った。荊州は今の湖北省の江陵県である。賊はさらに南下して華客県に逼ったのであろう。李白はその前年夜郎に流されて往く途中、この年赦に遇うて帰り来り、秋には巴陵（岳陽）にいたのである。恐らくこの時将軍に招かれて閲兵したのであろう。○**旌旆**　共に軍の旗である。旌は鳥の羽を析《さ》いて房の如きものを造り、数個連続して竿頭に吊したもの。旆は全幅の帛《きぬ》を用いて長さ八尺とし、その末端に三角の帛二小片を燕の尾の如き形に附けたもの。○**繽紛**　盛なる貌。○**白羽**　旌に用いてある白羽が取れて、落ちて来るのである。○**三軍**　上軍中軍下軍の三軍で、最大の部隊である。○**黄花**　菊花である。九日に菊花を採って酒に泛べて飲む風習であるが、今は戦時であるから、この事も為さないというのである。

(四)剣舞転頽陽、当時日停曛。酣歌激壮士、可以摧妖氛。齷齪東籬下、淵明不足群。

(四)剣舞　頽陽《たいよう》を転ぜん
当時　日は曛《くん》を停む。
酣歌《かんか》　壮士を激し
以て妖氛《ふん》を摧《くじ》く可し。
齷齪《あくそく》たり東籬の下《もと》
淵明　群するに足ら不《ず》。

(四)剣舞して落日を呼び戻《もど》そう

当時《そのかみ》　戈《ほこ》を揮《ふる》うて日暮を停めた例《ためし》もあれば。
宴たけなわにして歌うて壮士を激励し
以て妖賊の凶気を摧《くじ》く可きだ。
こせこせと籬の菊にこだわる
陶淵明なぞは仲間に入れない。

○**頽陽**　落日である。頽はくずれる。おちる。興尽きずして日の暮れるを惜しむのである。○**曛**　日暮。○**曛を停む**　昔魯の陽公が韓と戦い、戦酣《たけなわ》なるとき日が暮れかけたので、戈《ほこ》を取って揮うと、日が後戻りしたという（淮南子）。この故事を指すのである。○**酣歌**　宴たけなわにして歌うこと。○**氛**　凶気。○**齷齪**　齷齪に同じ。せかせかとこせつくこと。気の小さいこと。○**東籬の下**　陶淵明が九日に酒が無く、空しく菊を採って服した故事。前出の陶淵明の「九日閑居」の詩を見よ。○**淵明**　元の蕭士贇《しょうしいん》の註にいう、蓋《けだ》し武を用いる時節には、文人学士は必ず軽んぜられるはずであり、これは李白が淵明を以て自分に喩えたのであろうと。○**群する**　仲間とする。

客中作　旅にて作る

蘭陵美酒鬱金香、玉椀盛来琥珀光。但使主人能酔客、不知何処是他郷。

蘭陵の美酒　鬱金香《うっこんこう》
玉椀　盛り来る琥珀の光《こう》。
但だ主人をして能く客を酔わ使《しめ》ば
知ら不《ず》　何《いずれ》の処か是れ他郷。

蘭陵の美酒は鬱金香《うっこんこう》の如くかおり
玉《ぎょく》の椀に盛って来《く》れば琥珀色《いろ》に光る。
ただ主人がうまく酔わせてくれさえすれば
他国にいることも打忘れる。

○**蘭陵**　旧註によると、隋の蘭陵県《らんりょう》を唐初武徳四年改めて丞県として沂《ぎ》州に属したという。大約今の山東省の東南境、臨沂《りんぎ》（沂州）と嶧《えき》県の中間に在ったらしい。また今の江蘇《こうそ》省武進《ぶしん》県にも南蘭陵郡が置かれたことがあるので、この詩に詠ずるところの酒は武進の産であると主張する人もあり、清の袁枚《えんばい》の「随園食単」の如きはこれである。また明の李時珍《りじちん》の「本草綱目」の如きは浙江省金華の酒が李白の詩にいうところの蘭陵酒であると記している。李白は江南にも遊んだが、これはやはり山東の酒らしい。○**鬱金香**　西域に産する香草で、香料に用いる。実際酒にこの香を附けてあるわけでなく、ただ酒の芳醇を形容したのであろう。

魯中都東楼酔起作　魯の中都の東楼に酔臥し、起きて作る

昨日東楼酔、還応倒接䍦。阿誰扶上馬、不省下楼時。

昨日　東楼に酔う
還《また》応《まさ》に接䍦を倒にすべし。
阿誰か扶けて馬に上ぼせし
省せ不《ず》　楼を下るの時を。

昨日東楼で酔うた

例の如く帽子を倒《さかしま》に被《かぶ》ったであろう。
誰が扶けて馬に乗せてくれたやら
楼を下る時のことは記憶しない。

○**中都** 今の山東省汶上県。○**東楼** この中都の城門の上に建てられた楼であろうか。○**接䍦** 白い帽子。山簡の故事である。前出の「襄陽歌」第一章の註を見よ。

対酒酔題屈突明府庁 酒に対し酔うて屈突明府の庁に題す

（一）陶令八十日、長歌帰去来。故人建昌宰、借問幾時廻。
（二）風落呉江雪、紛紛入酒杯。山翁今已酔、舞袖為君開。

（一）陶令 八十日
長歌す帰去来。
故人 建昌の宰
借問《しゃもん》す幾時か廻《かえ》る。

(二) 風は落す呉江の雪

紛紛として酒杯に入る。

山翁　今已に酔う

舞袖　君が為に開く。

(一) 陶淵明は彭沢県の令たる八十日

帰去来の辞を歌うて帰った。

旧《ふる》い馴染の建昌県令どの

お尋ね申す、何時《いつ》お帰りなさるか。

(二) 風は呉江の雪を吹き落として

紛紛と散って酒杯に入る。

山翁《わし》は今もう酔いが廻った

一さし舞うてお目にかけよう。

○**屈突**　二字の姓である。名は不明。○**明府**　県令、すなわち県の長官の雅称。この人の官である。○**庁**　庁事、すなわち役所である。しかしこれは役所の構内に在る長官の官舎である。

○**題**　そこの壁にこの詩を書いたのである。○**陶令八十日**　晋の陶淵明が彭沢《ほうたく》県の令をしていて、八十日余りで辞職して家に帰り、「帰去来辞」を作った。この故事を同じ県令の官である屈突《くっとつ》に当てて、君も俗吏など早く止めたまえと戯れたのである。○**建昌** 今の江西《こうせい》省潯陽《じんよう》道永《えい》修《しゅう》県に当る。○**宰** 長官。○**呉江** 未詳。今の永修県を流れる修水ではなかろうか。この川が鄱陽湖に注ぐところに呉城鎮がある。

月下独酌 四首 月の下に独り酌む

（一）花間一壺酒、独酌無相親。挙盃邀明月、対影成三人。
（二）月既不解飲、影徒随我身。暫伴月将影、行楽須及春。
（三）我歌月徘徊、我舞影凌乱、醒時同交歓、酔後各分散。永結無情遊、相期邈雲漢。

（一）花間 一壺の酒
独酌 相親む無し。
盃を挙げて明月を邀《むか》え
影に対して三人と成る。
（二）月は既に飲を解せ不《ず》

影は徒《いたず》らに我身に随う。
暫く月将《と》影とを伴《ともな》い
行楽　須《すべか》らく春に及ぶべし。
(三)我歌えば月は徘徊
我舞えば影は凌乱。
醒時同じく交歓し
酔後　各々分散す。
永く無情の遊を結び
相期す　雲漢邈《はる》かなり。

(一)花の下《もと》　一壺《ひとつぼ》の酒
独り酌んで相手は無い。
盃を挙げて明月の昇るを迎え
我と影とで三人に成った。
(二)月は　もとより酒を飲まず
影は　ただ我身に随《つ》いているばかり。
暫く月と影とを引きつれ

春を　のがさず行楽しよう。
(三) 我歌えば月は　いざよい
我舞えば影は乱れる。
醒めている時は共に交歓し
酔うた後は　それぞれ別れ去る。
永く無情の交りを結ばんと
遥かに天の河を指さして再会を約する。

○**邀え**　月が昇って来るのである。○**三人と成る**　明月と我と影。月に照らされて我が影は後に在るのである。○**月将影**　将は与と同義。○**凌乱**　次序無く乱れている貌。○**無情の遊**　月や影の如き感情無き者と交遊すること。○**相期す**　再会を約束する。○**雲漢**　天の河。月と再会の場所を空想したのである。

其二

(一) 天若不愛酒、酒星不在天。地若不愛酒、地応無酒泉。天地既愛酒、愛酒不愧天。
(二) 已聞清比聖、復道濁如賢。賢聖既已飲、何必求神仙。
(三) 三盃通大道、一斗合自然。但得酒中趣、勿為醒者伝。

（一）天若し酒を愛せ不《ず》んば
酒星天に在ら不《ず》。
地若し酒を愛せ不《ず》んば
地に応《まさ》に酒泉無かるべし。
天地既に酒を愛す
酒を愛するは天に愧《は》じず。
（二）已に聞く清を聖に比し
復《ま》た道《い》う濁は賢の如しと。
賢聖既に已に飲む
何ぞ必ずしも神仙を求めん。
（三）三盃　大道に通じ
一斗　自然に合す。
但だ酒中の趣《おもむき》を得んのみ
醒者の為に伝うる勿《なか》れ。
（一）天がもし酒を好まなければ

酒星は天に在るまい。
地がもし酒を好まなければ
地に酒泉は無いはず。
天地が酒を好む以上は
酒を好むは天に愧《は》じない。

(二)むかし清酒を聖人に比べたと聞く
また濁酒を賢人に喩えたという。
賢人聖人併せ飲む以上は
何も神仙を求める必要はない。

(三)三盃で大道に通暁し
一斗で自然に合体する。
但だ酒中の興趣を解すればよい
醒者《げこ》に言って聞かさないことだ。

○**酒星**「晋書」天文志に云う、軒轅《けんえん》の右角、南三星を酒旗という。宴享酒食を主《つかさ》どる。○**酒泉**　漢の武帝の太初元年に酒泉郡を開く。云う、郡城に金泉あり、泉の味は酒の如し、故に名づくと。故城は今の甘粛《かんしゆく》省酒泉県の東に在り。○**賢聖**　魏王の曹操が禁酒令を出した時、人々はひそかにこれを飲むに暗号を用い、濁酒を賢人と為し、清酒を聖人と為した。この故事は類書には「魏略」を引いてあるが、この書はすでに亡んで見られず、現存の書では「三国志」魏志の徐邈《じょばく》伝に出ている。○**大道**　李白の思想より推せば、道家のいわゆる「道」である。「無為」であり、「自然」である。○**自然**　無我の境地である。○**酒中の趣を得**　晋の孟嘉《もうか》は酒を好み、桓温《かんおん》がかつて彼に向って「酒に何の好きこと有りて卿之を嗜むや」と問うと、「公《きみ》は未だ酒中の趣を得ざるのみ」と答えたという。

其三

(一)三月咸陽城、千花昼如錦。誰能春独愁、対此径須飲。
(二)窮通与修短、造化夙所稟。一樽斉死生、万事固難審。
(三)酔後失天地、兀然就孤枕。不知有吾身、此楽最為甚。

(一)三月　咸陽《かんよう》城
千花は昼　錦の如し。
誰か能く春独り愁う
此に対して径《ただち》に須らく飲むべし。
(二)窮通与《と》修短と

造化の夙《つと》に稟《ひん》する所。
一樽　死生を斉《ひと》しくす
万事固《もと》より審《つまび》らかにし難し。
(三)酔後　天地を失い
兀然《こつぜん》として孤枕《こちん》に就く。
吾身有るを知らず
此の楽み最も甚《はなは》だしと為す。

(一)三月の咸陽《かんよう》城
花咲き乱れて昼は錦の如し。
誰が春を独り愁えていられよう
この花に対して何はともあれ飲むべきだ。
(二)貧窮と栄達、長寿と短命は
造化《かみ》の夙《つと》に授くる所で、どうにもならぬ。
一樽の酒は死生を一様に思わせる
むろん世の中は不可解な事ばかりだが。
(三)酔後は天地の存在を忘れ

しょうたいなく孤《ひと》り枕に就き、
吾身のあるをも知らぬ
この楽しみこそ最も甚大なものである。

○**咸陽**　秦の都であった所。今の陝西《せんせい》省長安県の東に渭《き》城の故城があるあたり。○**窮通**　貧乏と出世。○**修短**　寿命の長短。○**稟**　造化より受ける。○**死生を斉しくす**　道家思想で、生を喜び死を悲しむ観念を無くして、いずれも同じことに考える説。「淮南子」に「死生を斉しくし、変化を同じくす」とある。○**万事**——　倒句法である。この句を「一樽」の句の前に置いて見るべきである。酒を飲めば是非善悪を忘れ、万事を斉一に見るに至る。死生さえも一つに見る。○**兀然**　無知の貌。

其四

（一）窮愁千万端、美酒三百杯。愁多酒雖少、酒傾愁不来。所以知酒聖、酒酣心自開。
（二）辞粟臥首陽、屢空飢顔回。当代不楽飲、虚名安用哉。
（三）蟹螯即金液、糟邱是蓬萊。且須飲美酒、乗月酔高台。

（一）窮愁　千万端

美酒　三百杯。
愁多くして酒　少しと雖《いえど》も
酒傾くれば愁　来ら不《ず》。
酒の聖を知る所以《ゆえん》なり
酒　酣《たけなわ》にして心自《おのず》から開く。
（二）粟《ぞく》を辞して首陽に臥し
屢《しばしば》空うして顔回を飢えしむ。
当代　飲を楽ま不《ず》
虚名安《いずく》んぞ用いん哉《や》。
（三）蟹鰲《けいごう》は即ち金液
糟邱《そうきゅう》は是れ蓬萊。
且《しばら》く須らく美酒を飲み
月に乗じて高台に酔うべし。

（一）愁《うれい》は千万、山ほど積り
美酒は僅かに三百杯。
愁は多くして酒は少くとも

酒を傾ければ愁は来ない。
故に酒のすぐれた効能が知れるし
痛飲すれば心は自から開ける。
（二）夷斉《いせい》は周の粟《ぞく》を辞して首陽山に隠れ
しばしば米櫃が空になって顔回は飢えた。
此の世で飲酒を楽しまずして
身後の虚名が何の役に立とうか。
（三）蟹の螯《はさみ》の煮汁は金液の仙薬だ。
酒糟《さけかす》の山は蓬萊の神山だ。
まあともかく　美酒を飲んで
月明に乗じて高台に酔うべきだ。

○**窮愁**　心配ごと。○**端**　心緒の端である。心を糸に喩えて、思うことが色々ある、それを糸のようにハシで数えるわけである。○**首陽に臥す**　殷代の末、伯夷《はくい》・叔斉《しゅくせい》は周の粟を食わずとて首陽山に隠れた。○**顔回**　孔子の門人顔回は学を好んで寒貧、しばしば食糧が欠乏した。「屢空」とは米櫃が空になること。論語に見える語。○**蟹螯**　蟹のハサミ。あそこの肉は最も旨い。雌は卵が旨く、雄はハサミが旨いとされている。晋の畢卓《ひったく》という酒好きがいうた言葉に

「一手に蟹螯を持ち、一手に酒杯を持ち、酒池の中に拍浮すれば便《すなわ》ち一生を了るに足る」とある(世説、任誕篇)。○**金液** 仙薬の一種。「神仙伝」に云う、薬の上等の品に九転還・太乙金液があり、これを服すれば皆立ちどころに登天すると。蟹の煮汁の美味をこれに比したのである。○**糟邱** 夏の桀王や殷の紂王の如き暴君が酒池・糟邱を造ったと伝えられる。○**蓬萊** 渤海の中に蓬萊・方丈・瀛《えい》洲の三神山があると伝えられる。

待酒不至　酒を待てど買うて戻らず

(一) 玉壺繫青糸、沽酒来何遅。山花向我笑、正好銜盃時。
(二) 晩酌東牕下、流鶯復在茲。春風与酔客、今日乃相宜。

(一) 玉壺《ぎよつこ》　青糸に繫《か》け
酒を沽《か》うて来ること何ぞ遅き。
山花　我に向って笑う
正に盃を銜《ふく》むに好きの時。
(二) 晩酌す東牕《とうそう》の下

流鶯《りゅうおう》復た茲《ここ》に在り。
春風与《と》酔客と
今日乃《すなわ》ち相宜《あいよろ》し。

（一）玉《ぎょく》の徳利を青い糸《ひも》で吊して
酒買いに遣《や》ったが、なかなか戻って来ない。
山の花は我に向って咲いていて
ちょうど一盃やるに好い時節なのに。
（二）東の窓際《まどぎわ》で晩酌すれば
飛び廻って鳴く鶯もここにいる。
春風《はるかぜ》と酔客《さけのみ》とは
今日こそ、ぴったり馬が合うのだ。

○玉壺　玉《ぎょく》は美称であろう。壺は徳利に当るが、現今北京で酒屋が持って来る壺を見るに、壺の肩に三個所、穴のあいた小凸起物が附いていて、その穴に細い綱を通して提げるようになっている。唐代の酒壺の状が類推できる。**○流鶯**　鶯はウグイスと訓するが、日本のウグイスと異り、ツグミよりも大きく、頭と背は黄緑で、腹は淡白、羽及び尾に黒い毛が間《まじ》っており、黒い眉があり、鳴声は機を織るようであるという。あちらこちら飛び廻わって鳴く習性があるので、その鳴声を流音といい、この鳥を流鶯と呼ぶ。

独酌　ひとり酌む

(一)春草如有意、羅生玉堂陰。東風吹愁来、白髪坐相侵。
(二)独酌勧孤影、閑歌面芳林。長松爾何知、蕭瑟為誰吟。
(三)手舞石上月、膝横花間琴。過此一壺外、悠悠非我心。

(一)春草　意有るが如く
羅生す玉堂の陰。
東風　愁を吹いて来り
白髪坐《そぞろ》に相い侵す。
(二)独酌　孤影に勧め
閑歌　芳林に面《むか》う。
長松爾《なんじ》　何をか知る

蕭瑟《しょうしつ》として誰が為にか吟ず。

（三）手は舞う　石上の月
膝は横たう花間の琴。
此の一壺を過ごすの外は
悠悠として我心に非ず。

（一）春草は心ありげに
座敷の陰につらなり生ず。
吹《く》き来る東風《こち》が物思わせて
おのずと白髪《しらが》が増すであろう。

（二）ただ独り影法師と酌みかわして
のどかに歌うて花の林に面《むか》う。
高松よ汝は何も知らぬくせに
物淋しく誰の為に吟じているのか。

（三）石上の月に手を舞わして踊り
花間の琴を膝に横たえて弾《ひ》く。
この一壺を飲んでしまった後は

ゆったりとして我心でなくなる。

○羅　羅列である。羅は鳥を捕える網。すなわち網の目のように列なること。**○東風**　春風。

○坐　ソゾロと訓じて、「何故ともなく自《おのず》から」の義とする。この訓は古来我国に行われていながら、彼国近世の「助字弁略」などには載せてないので、久しく疑問を懐いたが、かつて「文選」を読むうち、唐の李善の註から出たことに気付いた。巻十一、蕪城賦「孤蓬自振、驚砂坐飛」の註に「無《ク》レ故而《チ》飛《ブヲ》曰《フ》二坐飛《ト》一」と。巻二十二、鮑照の行薬至城東橋詩「容華坐消歇」の註に「無《ク》レ故自《ラ》消歇《ス》」と。巻二十八、陸機の長歌行「体沢坐自捐」の註、巻二十九、張華の雑詩「蘭膏坐自凝」の註、同巻張協の雑詩「再籟坐自吟」の註皆同じ。**○爾何知**　一本に「本《もと》無情」となっているのと同じ考で、松は元来感情無き植物なるが故に、汝何事をか知る、といったのである。**○石上の月**　岩を照らす月光、その月光に自分も照らされつつ踊るのである。**○悠悠**　閑暇の貌。ここでは陶然と酔うて物も我も忘れた心持。

友人会宿　友達が集って泊る

滌蕩千古愁、留連百壺飲。良宵宜清談、皓月未能寝。酔来臥空山、天地即衾枕。

滌蕩《できとう》す千古の愁
留連す百壺の飲。
良宵《りょうしょう》　清談に宜しく
皓月《こうげつ》　未だ寝る能《いぬ》わず。
酔い来って空山に臥すれば
天地は即ち衾枕《きんちん》。

千古の愁を洗い流さんと
百壺の酒を飲みつづける。
宵も良し話もはずんで
白い月に　まだ寝るのが惜しい。
酔いが廻わって人気なき山中に臥すれば
天地は　そのまま夜着と枕だ。

○千古の愁　永く積り積った憂愁。万古愁などともいう。支那的誇張である。**○留連**　さまようて去るに忍びない有様。江戸時代の粋人はイツヅケなどと訓した。遊里の語である。

春日独酌　二首　春の日に独り酌む

（一）東風扇淑気、水木栄春暉。白日照緑草、落花散且飛。
（二）孤雲還空山、衆鳥各已帰。彼物皆有託、吾生独無依。対此石上月、長歌酔芳菲。

（一）東風　淑気を扇《あお》ぎ
水木　春暉に栄ゆ。
白日　緑草を照らし
落花　散じて且つ飛ぶ。

（二）孤雲　空山に還り
衆鳥各々已に帰る。
彼物《かのもの》皆　託する有り
吾生《わがせい》独り依る無し。
此の石上の月に対し
長歌して芳菲《ほうひ》に酔わん。

（一）東風は善い気を扇ぎ送り
水も木も春の光に栄える。
白日は緑草を照らし
落花は散っては飛ぶ。

（二）ちぎれ雲は人無き山に還り
鳥どもも　それぞれ塒《ねぐら》に帰った。
雲も鳥も皆託《たよ》る所があるのに
吾が生《よ》のみ独り依るべが無い。
この石を照らす月に対《むか》い
長歌して花の香に酔おう。

○**水木**　春になって木は芽を吹き、水は氷が解けて、いわゆる春水四沢に満つるの候となる。○**芳菲**　「楚辞」九歌に「芳菲菲として堂に満つ」と用いられており、菲菲は花の芳る貌である。○**酔**　花の香を賞しつつ、酒に酔うのである。言うまでもなく、依るべ無き孤独を慰むるためである。

其二

（一）我有紫霞想、緬懐滄洲間。且対一壺酒、澹然万事閑。
（二）横琴倚高松、把酒望遠山。長空去鳥没、落日孤雲還。但悲光景晩、宿昔成秋顔。

（一）我　紫霞《しか》の想有り
緬《はるか》に懐《おも》う滄《そう》洲の間。
且《しばら》く一壺の酒に対し
澹然《たんぜん》として万事閑ならん。
（二）琴を横たえて高松に倚り
酒を把《と》って遠山を望めば、
長空　去鳥没し
落日　孤雲還る。
但だ悲む光景晩く
宿昔　秋顔と成る。
（一）我は神仙を慕う心あり

遥かに滄《そう》洲の仙境を想う。
まあ一壺の酒でも酌んで
あっさりと万事気楽に。
(二) 琴を横たえて高松に倚りかかり
酒を飲みつつ遠山を望めば、
空のはてに鳥は飛び去り
落日に ちぎれ雲は還る。
但だ悲しむは晩年となって
昔の紅顔も衰容と成ったことを。

○**紫霞**　霞はカスミではない。朝夕空をバラ色に染める、朝焼け夕焼けである。紫は我国で謂うところのムラサキではなく、赤みが勝って、むしろボタン色に近い。而して紫霞は往々天仙のいる所を空想せしめる。李白は神仙を好み、かつて道観に入ってその道を学んだという。○**滄洲**　仙島である。「杜陽雑編」にいう「隋の大業年間に、元蔵幾という者が海中のある島に漂着した。島人の話では、ここは滄洲で、中国を去ること数万里、花木は常に春の如く、人は多く不死である」と。○**澹然**　淡然に同じ。○**光景**　時光景物、即ち時々に移り易る万物の有様である。ここでは人生におけるそれなのである。○**宿昔**　ムカシである。若かりし日であり、紅顔の昔である。○**秋顔**　春容すなわち紅顔に対して、老衰した容貌である。李白の秋日錬薬院鑷《ぬく》二白髪一詩に「秋顔入リ二暁鏡ニ一、壮髪凋ム二危冠ニ一」とある。これは季節も表わしているが、やはり衰容である。

金陵江上遇蓬池隠者　金陵の江上で蓬池隠者に遇う

李白自註。時於落星石上、以紫綺裘換酒為歓。（李白自ら註す。時に落星石上に於て紫綺裘を以て酒に換えて歓を為す）

○**金陵**　今の南京。○**江**　揚子江。○**蓬池**　開封《かいほう》府尉氏《いし》県の北に在った。前に出した李白の「梁園吟」第二章に「却って憶う蓬池阮公の詠」といってある池と同じで、蓋《けだ》し李白がかつて梁園に遊んだ時、この隠者と逢うたことがあり、今ゆくりなく金陵で再会したのかも知れぬ。○**落星石**　即ち落星岡。江寧《こうねい》（南京）の城西に在り、江に臨む。岡上に岩があるので、また落星石というのらしい。○**紫綺裘**　綺はアヤ織の絹、もしくは紋羽二重のたぐいらしい。牡丹色の綺を表として、毛皮の裏を附けた高価な衣服。それを売って酒を買うたのである。

（一）心愛名山遊、身随名山遠。羅浮麻姑台、此去或未返。
（二）遇君蓬池隠、就我石上飯。空言不成歓、強笑惜日晩。
（三）緑水向雁門、黄雲蔽龍山。歎息両客鳥、徘徊呉越間。

（一）心は名山の遊を愛し
身は名山に随って遠し。
羅浮《らふ》の麻姑《まこ》台
此《ここ》に去らば或は未だ返らざらん。

（二）君に遇う蓬池の隠
我に就いて石上に飯す。
空言　歓を成さ不《ず》
強笑　日の晩きを惜む。

（三）緑水　雁門《がんもん》に向い
黄雲　龍山を蔽う。
歎息す両客鳥
徘徊す呉越の間。

（一）心は名山の遊覧を愛し
身は名山を尋ねて遠遊する。
羅浮《らふ》山の麻姑《まこ》台へ向けて
ここより去らば、もう返らぬかも知れぬ。

（二）蓬池の隠者なる君に遇い
我と共に落星石で食事する。
酒無くて話ばかりでは面白くない
強いて笑ううち惜しくも日は暮れかかる。

（三）緑水は雁門《がんもん》に向って流れ
黄雲は龍山を蔽うている。
歎かわし二羽の旅烏《たびがらす》が
呉越の間をさまようている。

○**羅浮**　広東省増城《そうじょう》県に在る山。○**麻姑台**　羅浮山の南に麻姑峰が在り、その前に麻姑台がある。○**雁門**　雁門山は江寧《こうねい》（南京）の東南の方に在り、山勢連綿して、山西《さんせい》省の雁門山に似ているので名づけられたのであると。○**龍山**　江寧の西南の方に在る。○**呉越**　江蘇《こうそ》・浙江《せっこう》あたり。

（四）一語一執手、留連夜将久。解我紫綺裘、且換金陵酒。
（五）酒来笑復歌、興酣楽事多。水影弄月色、清光奈愁何。明晨掛帆席、離恨満滄波。

（四）一語して一たび手を執り
留連して夜将に久しからんとす。
我が紫綺の裘《きゅう》を解き
且《しばら》く金陵の酒に換ゆ。
（五）酒来り笑うて復《ま》た歌う
興　酣《たけなわ》にして楽事多し。
水影　月色を弄《もてあそ》び
清光　愁を奈何《いかん》せん。
明晨　帆席を掛けなば
離恨　滄波に満ちん。

（四）一語《ひとこと》言っては手を握りあい
別れを惜しんで夜は深《ふ》けかかる。

我が紫綺の皮衣《かわごろも》を脱いで
ままよ金陵の酒に換える。
(五) 酒が来たので笑うたり歌うたり
興たけなわにして楽しみは多い。
水に映る月影きらめき
清光は悲しくて　どうにもならぬ。
明朝帆を掛けて船を出したら
離別の恨は波路《なみじ》に満つるであろう。

◎これは李白が南方呉越の間を漫遊中の作である。紫綺の裘を酒に換えて隠者と飲んだのは痛快極まるが、ひどく窮したものらしい。蓋《けだ》し李白はこの旅行中船を金陵の江畔に泊し、偶然隠者と遇い、伴うて落星石に至ったので、あいにく持合わせが乏しかったのかも知れぬ。

山中与幽人対酌　山中に隠者と差向いで酌む

両人対酌山花開、一盃一盃復一盃。我酔欲眠卿且去、明朝有意抱琴来。

両人対酌　山花開く
一盃一盃　復《ま》た一盃。
我酔うて眠らんと欲す卿且《しばら》く去れ
明朝　意有らば琴を抱いて来れ。

二人向いあって酌む側に山花が咲いている
一盃一盃また一盃と重ねるうち
僕は酔うて眠たくなった君まあ帰りたまえ
明朝気が向いたら琴を抱いて来たまえ。

○**我酔うて眠らんと欲す**　この一句は、晋の陶淵明が客を招いて酒を酌み、もし自分が先に酔うと、客に向って「我酔うて眠らんと欲す、卿去る可し」といった、という故事に倣ったのである。

春日酔起言志　春日酔いざめに感想を述べる

（一）処世若大夢、胡為労其生。所以終日酔、頽然臥前楹。
（二）覚来眄庭前、一鳥花間鳴。借問此何時、春風語流鶯。
（三）感之欲嘆息、対酒還自傾。造歌待明月、曲尽已忘情。

（一）世に処《お》るは　大夢の若《ごと》し
胡為《なんすれ》ぞ　其の生を労す。
所以《ゆえに》終日酔い
頽然《たいぜん》として前楹《ぜんえい》に臥す。
（二）覚め来りて庭前を眄《み》れば
一鳥　花間に鳴く。
借問《しゃもん》す此れ何の時ぞ
春風　流鶯《りゅうおう》と語る。
（三）之に感じて嘆息せんと欲す
酒に対すれば還《またおのずか》自ら傾く。

造歌して明月を待と
曲尽きて已に情を忘る。

（一）人の一生は長い夢のようなものだ
何もあくせくすることはない。
だから終日酔うて
ぐったりと端居《はしい》して臥《ね》るのだ。

（二）目が覚めて庭前を見れば
一羽の鳥が花間に鳴いている。
はてこれはどの季節だろう
春風が流鶯《りゅうおう》と話しあっている。春だ。

（三）季節に感じて嘆息しかけたが
酒壺《とくり》に対《むか》えばまたひとりでに傾く。
大いに歌って明月の上るを待とうとしたが
歌曲が終ると、もう何にも彼《か》も忘れてしまった。

○**大夢**　「荘子」斉物論篇に「且つ大覚有りて、而る後　此れ其の大夢なるを知る也」といい、人の死を以て「大いなる夢」と為し、死の恐るるに足らず、生の楽しむに足らざる理を諭した。この句はこの思想に本づいたのである。○**胡為**　「何為」と同じ。昔からナンスレゾと訓している。「何以」（どういうわけで）の意味である。○**生を労す**　「荘子」大宗師篇に曰う「我を労するに生を以てし、……我を息《やす》むるに死を以てす」と。むしろ死の安んずべく、生の労とすべきを説いたので、前に引いた句と連絡を保つ思想である。李白のこの句はこの思想から出て、「何にも生活に苦労するに及ばぬ」とこれを反言したのである。○**頽然**　酔いくずれる貌。○**前楹**　楹は柱である。前楹は我国で言えば、神社の神殿の前面に並列する柱のような具合になっているのらしい。具体的な用例として、白楽天の北亭の詩に「前楹に簾箔《れんぱく》を巻き、北牖《ほくゆう》に牀席を施す」とある。即ち南側の開放されたところに並列された柱で、そこに簾が掛けられるのである。○**借問**　お尋ねします、ということ。ふと目を覚まし、寝ぼけて、いぶかる心持であろう。○**春風――語る**　擬人法を用いたものらしい。○**之に感じ**　春は物に感じ易い季節で、いわゆる「春愁」である。上に出した「独酌」の詩にも「東風　愁を吹いて来り」とあるとおりである。○**欲す**　「将に」と同義である。○**自ら傾く**　陶淵明の「飲酒」詩其七に「杯尺きて壺自《おのずか》ら傾く」とあるのと同義であろう。○**忘情**　情は世情である。世俗の情を忘れて無為の境に入ること。ここでは酔心地である。◎明の李東陽の「麓堂詩話」によれば、当時この詩の李白の筆蹟の石刻が伝えられていて、それには序に「大酔中作る。賀生　我が為に之を読む」といってあるという。

対酒　酒にむかって

（一）勧君莫拒盃、春風笑人来。桃李如旧識、傾花向我開。流鶯啼碧樹、明月窺金罍。
（二）昨来朱顔子、今日白髪催。棘生石虎殿、鹿走姑蘇台。自古帝王宅、城闕閉黄埃。
君若不飲酒、昔人安在哉。

（一）君に勧む盃を拒む莫《なか》れ
春風　人に笑って来る。
桃李　旧識の如く
花を傾け　我に向って開く。
流鶯《りゅうおう》　碧樹《へきじゅ》に啼き
明月　金罍《らい》を窺う。
（二）昨来　朱顔の子
今日　白髪催《うなが》す。
棘《きょく》は生ず石虎《せきこ》の殿

鹿は走る姑蘇《こそ》の台。
古《いにしえより》自帝王の宅と
城闕《じょうけつ》とは黄埃《こうあい》に閉《とざ》さる。
君若《も》し酒を飲まず不《ざ》れば
昔人安《いずこ》に在り哉《や》。

（一）君に酒を勧める、盃を拒みたまうな。
春風は人に笑みかけ来り、
桃李は旧知の如く
花を傾け我に向って開き、
流鶯《りゅうおう》は緑樹に啼き
明月は酒瓶《さけがめ》を窺《のぞ》いているのに。

（二）昨日は紅顔の少年も
今日は白髪が迫り来る。
棘《さんそう》は石虎《せきこ》の殿下に生じ
鹿は姑蘇《こそ》の台上を走る。
古《むかし》から帝王の宅や

城の闕《やぐら》は黄塵《こうじん》に閉される。
君がもし酒を飲まなければ
昔人は何処にいるか。〔死んだらそれきりだ〕

○**金罍**　原義は雷紋のある銅の酒器であるが、酒瓶の美称。○**昨来**　通行本には「昨日」となっている。同義らしい。○**棘は生ず石虎の殿**　東晋時代、後趙《こうちよう》王石虎の故事で、石虎が群臣を太武殿に饗応した時、「殿や殿や、棘子　林を成し、将に人の衣を壊《やぶ》らんとす」と吟じた者があったので、礎石の下を掘って視させたら、棘の子《み》が生えていたという（十六国春秋）。これは後趙石氏のやがて滅ぼさるべきを諷刺したのであるという。「棘」はナツメの一種、酸棗《さんそう》といって、実は酸ぱく、木にとげが多い。○**鹿は走る姑蘇の台**　春秋時代、呉の忠臣伍子胥《ごししよ》の故事で、子胥が呉王を諫めて用いられなかったので、すなわち曰く「将来姑蘇の台に麋鹿の遊ぶ時の来るべきは、今から見えすいています」と（漢書、伍被伝）。姑蘇台は呉王が造ったもので、その荒廃は呉国の滅亡を意味する。○**昔人安に在りや**　昔人は死んで何処にもいないではないか、ということである。この末二句の間には甚だしき飛躍があって解りにくいが、内面の意には、現世に生きる吾々も、やがて死は免れない、だから生ある中に歓を尽すべきだ、との考が含まれているようである。即ち君がもし今酒を飲まなければ、昔の人のように死んだら、それきり、もう飲めないではないか、と勧めたのである。

自遣　気晴らし

対酒不覚暝、落花盈我衣。酔起歩渓月、鳥還人亦稀。

酒に対して暝《くれ》を覚え不《ず》
落花　我が衣に盈《み》つ。
酔起して渓月に歩すれば
鳥還って人も亦稀なり。

酒に対《むか》えば日の暮るるを覚えず
落花は我が衣に満つる。
酔さめに起きて月の谷間を歩ゆめば
鳥は塒《ねぐら》に還り人影もまばらである。

○**自遣**　自娯というほどのことか。遣は消遣の意であろう。気晴らしすること。

対酒憶賀監　二首　酒にむかって賀監を憶う

（序）太子賓客賀公、於長安紫極宮、一見余、呼余為謫仙人。因解金亀換酒為楽。没後対酒、悵然有懐、而作是詩。

（序）太子賓客の賀公が、長安の紫極宮《しきよくきゆう》に於て、余を一見し、余を呼んで謫仙人《たくせんにん》と為す。因《よ》って金亀を解いて酒に換えて楽みを為す。没後酒に対し、悵然《ちようぜん》として懐《おも》い有り、而して是の詩を作る。

（序）太子賓客の賀君が、長安の紫極宮《しきよくきゆう》において、余を一目見て、余を呼んで、是こそ「天降《あまくだり》の仙人」だと云った。そこで彼は金亀を解いて酒に換えて歓楽を為したことであった。彼の死後酒に対《むか》い、在りし日を思い出して、しんみりとなってこの詩を作った。

◎これはこの詩の序である。○**賀監**　賀知章《がちしよう》あざなは季真《きしん》、越州（今の紹興）の人。則天武后《そくてんぶこう》の証聖年間進士に及第し、玄宗の開元年間累擢して太子賓客に遷り、秘書監を授けられ、天宝二年官を退き道士と為って郷里に還った。よって勅して鏡湖・剡川の一曲を賜うて老を養わしめた。「監」とは賀知章の官職秘書監の略称で、図書を掌る官庁の長官。○**紫極宮**　老子を祀った玄元皇帝廟の名。○**謫仙人**　天上の仙人が罪を得て下界に貶謫《へんたく》されて人間となったもの。李白の脱俗した為人を称したのである。○**金亀**　唐代の制度として、五品以上の官員は魚の形をした符《わりふ》を袋に入れて身に着けた。いわば一種の身分証明書である。時代によって魚の代りに亀を用いたことがある。これを魚袋もしくは亀袋という。而して位階によってその装飾を異にし、三品以上は金で飾り、四品は銀で、五品は銅で飾ったという。

（一）四明有狂客、風流賀季真。長安一相見、呼我謫仙人。
（二）昔好盃中物、今為松下塵。金亀換酒処、却憶涙沾巾。

（一）四明に狂客有り
風流の賀季真《がきしん》。
長安に一たび相い見るや
我を謫仙人と呼ぶ。
（二）昔は盃中の物を好み

今は松下の塵と為る。
金亀　酒に換えし処
却って憶えば涙　巾を沾《うるお》す。

（一）四明に酔狂先生がいた
風流な賀季真《がきしん》のことだ。
長安で一たび面会するや
我を天降《あまくだり》仙人と呼んだ。
（二）彼は昔　盃中の物を好んだが
今は松下の塵と為ってしまった。
金亀を酒に換えて我に飲ませた折のことを
思い出《いだ》せば涙が手巾をぬらす。

○**四明**　浙江省余姚《よよう》の南にある名山である。賀知章の郷里紹興からも遠くないので、彼は自ら「四明狂客」と号した。○**季真**　賀知章の字《あざな》。同輩を呼ぶには字を以てする習慣である。○**風流**　賀知章の友陸象先がかつて人に謂いて曰う「季真は清談風流、一日見ざれば、鄙吝生ず」と。○**盃中の物**　酒のこと。○**却って憶う**　回顧すること。

其二

（一）狂客帰四明、山陰道士迎。勅賜鏡湖水、為君台沼栄。
（二）人亡余故宅、空有荷花生。念此杳如夢、凄然傷我情。

（一）狂客　四明に帰れば
山陰の道士迎う。
勅して鏡湖の水を賜い
君が台沼《だいしょう》の栄と為す。
（二）人は亡びて故宅を余し
空しく荷花《かか》の生ずる有り。
此を念えば杳として夢の如し
凄然として我が情を傷ましむ。

（一）酔狂先生が四明に帰ると
山陰の道士が迎える。
勅命《みことのり》して鏡湖の水を賜い

君の台沼《だいしょう》に光栄を添えた。
（二）主人は世を去って故宅を余し
空しく蓮の花が生えているだろう。
これを思えば遠い夢のようで
しんみりと我が胸を傷ませる。

○**山陰**　今の紹興で、賀知章の郷里である。○**道士迎う**　知章は道士と為って郷里に還ることを請うて、許された。故に郷里の道士等がこれを迎えたわけである。○**鏡湖**　紹興の近郊に在る。宋の神宗の熙寧《きねい》以後、湖は漸く廃して田となった。余かつて遺跡を訪うに、今は小池を含む田園として地名に鏡湖の名を残すのみである。○**台沼**　築山と泉水である。

詠山樽　二首　山形の樽を詠ず

（一）蟠木不彫飾、且将斧斤疎。樽成山岳勢、材是棟梁余。
（二）外与金罍並、中涵玉醴虚。慚君垂払拭、遂忝玳筵居。

（一）蟠木《はんぼく》　彫飾せず
且《しばら》く斧斤を将《もっ》て疎《きざ》む。
樽は山岳の勢を成し
材は是れ棟梁の余。

（二）外は金罍《らい》と与《とも》に並び
中は玉醴《れい》を涵《い》れて虚なり。
慙《は》ず君が払拭《ふっしょく》を垂れて
遂に玳筵《たいえん》の居を忝《かたじけな》くす。

（一）曲りくねった木に彫飾を施さず
ざっと斧で刻んだだけで、
樽は山岳の形勢を成し
材料は棟《むなぎ》や梁《はり》の余り物《もたい》である。

（二）外観は金罍と並べて見劣りせず
中実《なかみ》は玉醴《うまざけ》を容るるべく虚《うつろ》である。
勿体ない主人《あるじ》が拭《ふ》き込んだお蔭で
ついに忝《かたじけな》くも盛宴に侍ることが出来た。

○山樽　山の形をした酒樽。**○蟠木**　屈曲した木。**○斧斤**　斤もまた斧である。**○疎**　刻むこと。**○金罍**　雷紋を刻した銅の酒壺。**○玉醴**　醴は甘酒。玉は美称。**○慙**　原義は羞ずることであるが、ここでは感謝感激の意と思われる。元代の俗語に「慙愧《ざんき》」を感謝の意に用いた例が多いので、同様かと考える。**○玳筵**　玳瑁《たいまい》すなわち鼈甲《べっこう》で周辺を粧飾した敷物。贅沢な宴会を意味する。

其二

擁腫寒山木、嵌空成酒樽。愧無江海量、偃蹇在君門。

擁腫《ようしゅ》す寒山の木
嵌空《かんくう》して酒樽と成す。
愧《は》ず　江海の量無く
偃蹇《えんけん》して君門に在るを。

ふしくれだった寒山《はげやま》の木に
穴を穿って酒樽と成したもの。

愧《は》ずらくは江海の容量無くして
のさばって君門《おやしき》に居ることを。

○**擁腫**　木がふしくれだつこと。○**寒山**　木の少い山。木が育ちにくいので、ふしくれだつわけ。○**嵌空**　穴があいて中がうつろになっていること。○**江海の量**　容量の大なるを言う。○**偃蹇**　飛騰する貌。傲慢の意がある。のさばる。

題東谿公幽居　東谿公の幽居に題す

杜陵賢人清且廉、東谿卜築歳将淹。宅近青山同謝朓、門垂碧柳似陶潛。好鳥迎春歌後院、飛花送酒舞前簷。客到但知留一酔、盤中祇有水精塩。

杜陵《とりょう》の賢人は清且つ廉
東谿《とうけい》に卜築《ぼくちく》して歳に将《もっ》て淹《とど》まる。
宅は青山に近くして謝朓《しゃちょう》に同じく
門は碧柳を垂れて陶潜に似たり。

好鳥　春を迎えて後院に歌い
飛花　酒を送って前簷《えん》に舞う。
客到れば但だ知る留めて一酔するを
盤中に祇《ただ》有り水精塩。

杜陵《とりょう》の東谿《とうけい》公は清廉の士で
東谿に家を建築して年中引籠っている。
その宅は青山に近くて謝朓《しゃちょう》の家と同様
その門は碧柳を垂れて陶潜の門と似ており、
好鳥は春を迎えて裏庭に歌い
落花は酒を勧むるかの如く軒端に舞う。
客来れば何時も素面では帰えさず
そして肴はただ一鉢の水精塩のみ。

○杜陵　長安の郊外に在る地名。**○将**　この字の用法は分りにくいが、恐らく動詞の後に添えられる意味の軽い語助辞で、例えば白楽天の長恨歌に「鈿合金釵寄せて将て去る」の如きであるが、ここのは直接動詞に添わず、「卜築」という動詞との間に「歳」という副詞が介在するのではあるまいか。「将《まさ》に滝らんとす」ではあるまい。○滝　滞在すること。○謝朓　斉朝の詩人で、宣城の太守たりし時、青山の南に家を建てて住んだという。○陶潜　陶淵明の宅には門内に五本の柳が植えてあり、自ら五柳先生と号したという。○水精塩　岩塩の上等で、その状宛も水精、すなわち水晶の如きにより名づけられたのである。それは中国に産するものでなく、蒙古や中央アジアなどから輸入された貴重品であった。ごたごたした肴を出さず、この上等の塩のみで飲ませた、というところが李白の気に入ったことであろう。◎李白の詩に酒の肴は余り見出されない。この詩の外にすでに選んだ詩の中で、「梁園吟」には楊梅と呉塩とが見えており、「中都小吏攜斗酒双魚」には河魚《かぎよ》の膾《さしみ》が用いられており、「尋魯城北范居士」には蔬《そ》菜《さい》や梨・酸棗《さんそう》・瓜が出されており、「月下独酌」其四に蟹が言われている。概して唐の詩人は余り食品のことを詠じていないようで、白楽天が多少詠じているくらいではあるまいか。宋代に及んで蘇東坡《そとうば》や黄山谷《こうさんこく》などは好んで食品を詠じている。

（附）初唐盛唐諸家詩

田家《いなか》　王績

（一）平生唯酒楽、作性不能無。朝朝訪郷里、夜夜遣人酤。
（二）家貧留客久、不暇道精麤。抽簾持益炬、抜簀更燃炉。恒聞飲不足、何見有残壺。

（一）平生　唯だ酒楽
性と作って無き能《あた》わ不《ず》。
朝朝　郷里を訪い
夜夜　人を遣わして酤《か》う。
（二）寒貧にして留客久し
精麤《せいそ》を道《い》うに暇《いとま》あら不《ず》。

簾《れん》を抽《ぬ》き持って炬《きょ》を益《ま》す
簀《さく》を抜いて更に炉を燃やす。
恒《つね》に聞く飲足ら不《ず》と
何ぞ見ん残壺有るを。

（一）平生　楽しみはただ酒酒
性《くせ》になって無くては　すまされぬ
毎朝　郷里を訪《たず》ねさせ
毎夜　人を買いに遣《や》る。
（二）家が貧乏で久しく出稼《でかせぎ》していたので
酒の良し悪しなど言う暇《ひま》はない。
簾《すだれ》を抽《ぬ》き取って炬《あかり》に添える
簀《すのこ》を抜いて更に炉に燃やす有様。
常に飲み料が足らぬと家人に聞かされる
何《ど》うして徳利に残りがあるものか。

◎作者の王績《おうせき》は隠遁者で、字は無《む》功《こう》、東皐子《とうこうし》と号して、絳《こう》州龍門の人。隋の末に官吏となったが、酒を嗜んで事務に任ぜず、退職して郷里に還って田園生活をした。やがて唐朝となって、高祖の武徳の初に前官を以て門下省に待詔せしめられた。慣例として官より酒を日に三升（我が三合余りか）を給せられることになっていた。ある人が問う、待詔の役は楽しいですかと。答えて曰う、酒が恋しいのさと。上官がこの事を聞いて、日に一斗給することにしてやった。そこで当時彼を「斗酒学士」と称したという。後に太楽署史《だいがくしょ》の焦革というものの家は醸造が善いと聞いて、求めてその助役となった。すると間もなく焦革が死んだので、その妻が今まで通り酒を送ってくれた。一年余りして妻がまた死んだので、績は失望して官を棄てて去った。そして焦革の酒法を追求して経と為し、また酒を善く造った者の事を集めて「酒譜」を作った。太宗の貞観十八年（西紀六四四）卒す。詩文は東皐子集三巻が伝わっている。○**炬**　葦《あし》を束ねて燃やし、我国の松明《たいまつ》の如く使用するもの。ここにいうところは、その葦が不足した為に、ついに簾の竹を抽き出して補足するわけである。○**簀**　牀桟、即ち寝台の上面に設けられたスノコ。この上に席を敷き、さらに褥《しとね》を敷く。謂うところは、燃料が不足してこれを燃やすわけである。二句は貧居の状を誇張したのである。◎原作は三首、ここにその一首を選ぶ。

過酒家　いざかやに入る　王績

此日長昏飲、非関養性霊。眼看人尽酔、何忍独為醒。

此の日長く昏飲す
性霊を養うに関するに非ず。
眼看す人の尽く酔うを
何ぞ忍びん独り醒るを為すに。

終日目のくらむほど飲みつづけているのは
精神修養とは関係ない。
人々が皆酔うているのをこの目で見ながら
どうして独り醒めているに忍びよう。

○**性霊**　霊性というに同じ。人の霊秀なる天性である。「性を養う」とは、通俗的に言えば精神修養である。王績は老荘思想に浸った人であったから、そのいうところは恐らく「淮南子」

に「静漠恬淡は、性を養う所以なり」とあるようなことであろう。つまり性を養うとは、漠然として静かに、淡然として恬《やすら》かにしていることである。この意味よりすれば、もちろん飲み過ぎは修養とはならぬであろう。◎原作五首、ここにその三首を選ぶ。

其二

竹葉連糟翠、蒲萄帯麴紅。相逢不令尽、別後為誰空。

竹葉は糟を連ねて翠《みどり》に
蒲萄は麴を帯びて紅《あか》し。
相い逢うて尽き令不《しめざ》れば
別後　誰が為にか空《むな》しくせん。

竹葉酒は糟まで緑
蒲萄酒は麴も紅い。
君に逢うた時に飲ましてしまわなければ
別れて後、誰に飲みほさせよう。

○**竹葉**　緑色の酒の名。白楽天の詩にも折々この名が見えている。○**蒲萄**　葡萄酒である。

其三

対酒但知飲、逢人莫強牽。倚壚便得睡、横甕足堪眠。

酒に対《むか》えば但だ飲むを知り
人に逢うて強牽する莫《な》し。
壚《ろ》に倚れば便《すなわ》ち睡るを得
甕《かめ》を横たうれば眠るに堪うるに足る。

酒に向えば但だ飲むことを知り
人に逢うて無理に強いない。
壚に倚《もた》れると居睡り出来るし
甕《かめ》を横にすれば眠られる。

○**壚**　「史記」及び「漢書」の司馬相如《しょうじょ》伝に、相如が愛人卓文君《たくぶんくん》と酒店を営み、「文君をして鑪に当ら令《し》む」とある。この「鑪」（史記）「盧」（漢書）に関して諸家の註を要約して見るに、それは酒を売るところで、土を累ねて四辺を高く鑪《たたら》の如くし、上に酒甕を置くのである。これを以て酒を温める爐《ろ》と為すは俗説であると。ここにいうところも恐らく火の気の無い壚であろう。火があればこれに倚りかかって睡ることは危険である。ところが晩唐の皮日休の「酒中十詠」の中の「酒壚」には「火」あり「灰」あり、鐺《こじり》のあることを詠じている（後のその条を見よ）。

酔後　酔うた後で　王績

阮籍醒時少、陶潜酔日多。百年何足度、乗興且長歌。

阮籍《げんせき》は醒時少く
陶潜は酔日多し。
百年　何ぞ度《わた》るに足らん
興に乗じて且《しばら》く長歌せん。

阮籍《げんせき》は醒むる時少く

陶潜は酔うた日が多い。
長くて百年　なんの生きるに足ろうか
興に乗じて、まあ大いに飲もう。

○**阮籍**　魏晋の際の文人で、竹林七賢の一。酒飲みとして有名。彼の遭遇した時世が危険であったので、彼は常に酣飲《かんいん》して世事に与《あずか》らなかったという。○**陶潜**　晋宋の際の文人。その飲酒に関しては前編「五柳嘯詠」に詳らかである。

題酒店壁　酒店の壁に題す　　王績

昨夜缾始尽、今朝甕即開。夢中占夢罷、還向酒家来。

昨夜　缾始めて尽く
今朝　甕即《ただ》ちに開かん。
夢中に占夢し罷《おわ》り
還《ま》た酒家に向って来る。

昨夜　瓶の酒が始めて尽きたので
今朝　新しい瓶を早速開こう。
夢の中で夢占いは吉とあったので
また酒家に向って来た。

○占夢　夢を占うことは周代から存した風習で、色々俗説が行われたであろう。酒甕の口を開けるにも夢によって吉凶が占われたであろうが、これはそれを口実として、翌朝早速酒家に駆け付けたわけで、何ぞ一日も此君無かる可けんや、という次第であろう。

嘗春酒　春酒を飲む　　王績

野觴浮鄭酌、山酒漉陶巾。但令千日酔、何惜両三春。

野觴《しょう》に鄭酌《ていしゃく》を浮べ
山酒を陶巾に漉す。

但だ千日酔わ令《し》めば
何ぞ両三春を惜まん。

田舎の杯に鄭泉《ていせん》の酌を浮べ
山間の酒を陶潜の頭巾で漉し、
ただ千日酔わせてくれさえすれば
何《なん》の春が二三箇月過ぎるを惜しもうか。

○鄭酌　三国時代呉の鄭泉はかつて曰う、願わくば美酒を得て五斛《こく》の船に満たし、四時の旨い物を以て船の両頭に置き、反覆してこれを飲みたいものだと。「鄭酌」とは蓋《けだ》しこの故事を用いたので、鄭泉の空想の船のような豊富な酒を酌んで觴に盛るという心持であろう。**○陶巾**　陶淵明がある時熟した醪《もろみ》を見て、いきなり頭上の葛巾（葛布で作った頭巾）で漉《こ》して飲んだ、という故事を借りたのである。なお第一句と第二句とは韻を押す都合上、前後させている。山酒を漉して野觴に酌んで飲むはずである。**○千日酔**　劉玄石《りゅうげんせき》がかつて中山の酒家で酒を飲んだ。ところがそれは千日酒というものであった為に、家に帰ると大酔して醒めないので、家の者は死んだものと思ってこれを葬った。これを売った酒家が日を計って、千日目に往って棺を開いて視ると、酔が始めて醒めたという。

独酒　ひとり酌む　王績

在生知幾日、無状逐空名。不如多醸酒、時向竹林傾。

在生　知んぬ幾日ぞ
無状にして空名を逐うは、
如不《しかず》　多く酒を醸《かも》して
時に竹林に向って傾くるに。

幾日生きられることか知れないのに
功績無くして空名を求むるより、
なるだけ多くの酒を醸して
時々竹林に往って傾けるに越したことはない。

○**知る幾日**　「幾日」というような疑問詞が伴う場合、「知」は「不知」と同義。○**無状**　功状無し、との意。

看醸酒　酒造りを看る　王績

六月調神麴、正朝汲美泉。従来作春酒、未省不経年。

六月　神麴《しんきく》を調し
正朝　美泉を汲む。
従来　春酒を作るに
年を経《へ》不《ざ》るを省《かえり》み未《ず》。

六月に神麴《しんきく》を調《ととの》え
正月に美泉を汲む。
従来は春酒を作るに
長年保存できない点を未《ま》だ考えていなかった。

○**六月**　「東皐子集」の序によると、王績が焦革の酒法を述べて「酒経」一巻を著したという。この書すでに佚して今は伝わらないが、ここにいうところは恐らくその法であろう。これより前、北魏の「斉民要術」造神麴幷酒の章によると、神麴は大概七月に造り、春酒の水は正月晦日に収めることになっている。これに「六月」というのと少し差がある。○**神麴**　神の字は美称であろう。○**年を経**　酒が永く保存できること。この一句の意味は、蓋し従来は酒を永年保存する法が未だ研究されていなかった、しかし王績が看ている酒の製法は、さにあらずして保存が出来るというわけらしい。

幽州夜飲　幽州の夜宴　　張説

（一）涼風吹夜雨、蕭瑟動寒林。正有高堂宴、能忘遅暮心。
（二）軍中宜剣舞、塞上重笳音。不作辺城将、誰知恩遇深。

（一）涼風　夜雨を吹き
蕭瑟《しょうしつ》として寒林を動かす。
正に高堂の宴有り

能く遅暮の心を忘る。

（三）軍中　剣舞に宜しく
塞上　笳音《かおん》を重んず。
辺城の将と作《な》ら不《ず》んば
誰か恩遇の深きを知らん。

（一）冷たい風が夜の雨を吹きつけて
さびしく枯木の林を動かしているが、
ちょうど大宴会が開かれたので
老いゆく心細さも忘れられる。

（二）軍中なれば剣舞が舞われ
塞上なれば胡笳《こか》が吹かれる。
国境守備軍の将と作ったお蔭で
君恩の深きを　しみじみ感ずる。

◎作者張説《ちょうえつ》は則天武后の時任用せられ、中宗を経て玄宗の開元の初重用せられて政権を執り、また文学の任を掌ること三十年、官は尚書左丞相に至り、開元十八年（西紀七三〇）卒す、年六十四。○**幽州**　今の北京を中心とする地域である。張説は開元の初、中書令に拝せられ、燕国公に封ぜられたが、たちまち反対派の中傷に遭い、地方長官に出されて相州の刺史となり、岳州の刺史に転じ、さらに幽州の都督に遷された。そして開元七年には幷《へい》州に転任させられたから、これはその前、都督時代の作である。○**遅暮**　盛年を過ぎて晩年となること。この時張説は五十歳余りであった。○**塞上**　国境の要塞地帯。○**笳**　もと北方塞外の胡人が蘆の葉を巻いて吹いた笛であるが、後にこれを摸倣した楽器が造られ、胡笳と称してこれを軍楽に用いたという。○**将**　張説はこの時、右羽林将軍、兼検校幽州都督に任じられた。都督は、まず師団長といったようなところであろう。○**不んば――知らん**　これは婉曲に反語を用いたのであるが、その内心には多分不平の気を寓しているであろう。張説は中央の要職から落されて、久しく地方長官として南方僻遠の地に追われ、次には一転して北方の辺城に廻わされたのであるから、心中穏やかならぬは当然であろう。古来文苑の評に張説は「岳州に謫せられてから後、詩が益々悽惋となった」と云っているのはこれである。◎この一首は「唐詩選」に選ばれている。

清夜酌　清き夜に酌む　　張説

秋陰士多感、雨息夜無塵。清樽宜明月、復有平生人。

秋陰　士　感多し
雨息《や》んで夜　塵無し。
清樽《せいそん》　明月に宜しく
復《ま》た　平生の人有り。

秋は陰気で男子は感傷して気がふさぐ
幸い雨は止んで塵も無い夜となり、
明月も出たし清樽《せいそん》を開いて酌むに　ふさわしく
それに平生親しい人もいる。

○**秋陰**　「淮南子」に「春は女怨み、秋は士悲む」とあり、秋は男子が陰気に感じて悲しむ季節とされている。即ち秋は草木凋落して、これを人に喩うれば漸く老境に向う時であるから、士が遅暮の感を起すわけである。

酔中作　酔中に作る　　張説

酔後楽無極、弥勝未酔時。動容皆是舞、出語総成詩。

酔後　楽み極まり無く
弥《いよいよ》勝る　未だ酔わざる時に。
動容　皆是れ舞
出語　総《すべ》て詩と成る。

酔うてから後は楽しみ極まり無く
未《ま》だ酔わぬ時より　はるかに勝る。
動く姿は皆舞いであり
出す言葉は総て詩と成る。

涼州詞　涼州の歌　王翰

蒲萄美酒夜光杯、欲飲琵琶馬上催。酔臥沙場君莫笑、古来征戦幾人回。

蒲萄の美酒　夜光の杯
飲まんと欲して琵琶　馬上に催す。
酔うて沙場に臥す　君　笑う莫《なか》れ
古来　征戦　幾人か回《かえ》る。

涼州の旨い葡萄酒を玻璃の杯で
さあ飲もうと琵琶を馬上に囃し立てる。
沙漠に酔いたおれても君よ笑いたまうな
昔から出征して幾人無事に帰っただろうか。

◎作者王翰《おうかん》は睿宗《えいそう》の朝張説《ちょうえつ》が中書侍郎であった時に、召されて秘書正字と為って以来その部下であったが、開元の初、張説が失脚して貶《へん》せらるるや、彼もこれに坐して貶せられた。開元十四年（西紀七二六）卒す。○**涼州詞**　「涼州曲」と称する楽曲の詞である。この曲は西北の辺地の淋しく変った情景を詠ずることになっている。涼州は今の甘粛《かんしゅく》省武威《ぶい》県に当る。この地の葡萄酒は有名であったので、作者は遠征の武人がこれを飲む情景を想像したのである。○**夜光の杯**　周の穆《ぼく》王の時、西域から夜光常満杯を献じた。夜これを庭に出しておくと、中に甘美な液が溜まるという。これは「十洲記」に出ている話で、夜光杯の故事とされている。しかしこの詩に詠ずるところの現実的の品は、西域輸入の玻璃（ガラス）の杯を指すのではないかとの説があり、至極もっともな考え方である。**○琵琶馬上に催す**　琵琶は元来胡人が馬上に奏するところの楽器であったというから、ここでこれを馬上に奏するは相応しいが、これを奏する者は誰であろうか。当時岑参《しんじん》の「涼州館中夜集」詩に曰う「涼州七里十万家、胡人半ばは解す琵琶を弾ずるを」と。よって考うるに、これは涼州在住の胡人（多分女性）を雇うて同行しつつ弾ぜしむるものらしく推測される。葡萄酒も琵琶の弾き手も涼州名物ということであれば、益々この詩の面白みが出て来る。「催す」とは、李白の「襄陽歌」第三章の「鳳笙龍管行相い催す」と同義で、促迫して、せわしなく弾ずることであろう。**○沙場に臥す**　馬上で飲みながら行進する中、酔っぱらって、馬より下って沙漠の地上に臥する者があるに至ったわけである。而して彼はいう、どうせ命は無いものさ、今のうちに飲んでおかなくてはと。◎この詩は「唐詩選」に選ばれている。

贈張旭　張旭に贈る　李頎

（一）張公性嗜酒、豁達無所営。皓首窮草隷、時称太湖精。

（二）露頂拠胡牀、長叫三五声。興来灑素壁、揮筆如流星。

（一）張公は性　酒を嗜《たしな》み
豁達《かつだつ》にして営む所無し。
皓首《こうしゅ》　草隷《そうれい》を窮《きわ》め
時に　太湖の精と称す。
（二）頂を露《あらわ》して胡牀に拠《よ》り
長叫《ちょうきょう》す三五声。
興来《きょうきた》れば素壁に灑《そそ》ぎ
揮筆《きひつ》　流星の如し。

（一）張君は生れついての酒ずきで
胸寛くして生計を謀ること無く、
白髪頭《しらがあたま》になるまで草書を研究し
世に太湖の妖精《ばけもの》と呼ばれている。
（二）頭を露《あらわ》して胡牀《しょうぎ》に腰かけ
長く叫ぶこと三《み》声《こえ》　五声《いつこえ》、

興が湧けば白壁に墨を　そそぎ
筆を揮《ふる》うこと流星の如し。

◎作者李頎《りき》は王維・高適《こうせき》・岑参《しんじん》と並べて「王李高岑」と称せられる盛唐の名家である。玄宗の開元十三年（西紀七二五）進士に及第して任官したが、世務を厭い神仙の道を好み、官を棄てて郷里の東川（四川省）に隠遁した。この詩を贈られた張旭《ちょうきょく》は草書の名人として世に重んぜられた。彼は初め仕えて常熟の尉（警察署長）となったが、酒に沈湎《ちんめん》して栄進を謀らなかったらしい。高適にも「酔後贈張九旭」（九は排行、兄弟の順位である）の詩があり、「唐詩選」に選ばれている。○**豁達**　度量の寛いこと。○**太湖の精**　未詳。彼は蘇州呉県の人なので、太湖に近い地の不思議な人物としてこの称が与えられたのかも知れない。「唐書」の本伝には「世に張顚と呼ぶ」と記されている。「顚」とは癲と同じ。狂人である。○**頂を露わす**　冠か頭布を戴いているのが正しい行儀で、頭を露出することは甚しき不作法であり、くつろいだ状である。○**揮筆**　本伝に云う、大酔するごとに呼叫狂走し、すなわち筆を下す。あるいは頭をもって墨に濡らして書すと。

（三）下舎風蕭条、寒草満戸庭。問家何所有、生事如浮萍。
（四）左手持蟹螯、右手執丹経。瞪目視霄漢、不知酔与醒。

(三)下舎　風《かぜ》蕭条《しようじよう》たり
寒草　戸庭に満つ。
問う　家に何の有る所ぞ
生事　浮萍《ひよう》の如し。

(四)左手　蟹螯《かいごう》を持ち
右手　丹経を執る。
瞪目《とうもく》して霄漢《しようかん》を視《と》
知不《しらず》　酔与醒とを。

(三)住宅は風が淋しく吹きさらし
荒草が戸口《とぐち》に庭に　はびこっている。
家には何があるかと問えば
生計は浮草の如し。

(四)左手に蟹の螯《はさみ》を持ち
右手に仙薬の秘書を執り、
目を見はって天の川を視《み》つめ

酔うているとも醒めているとも分らない。
○**丹経**　道教の煉丹即ち仙薬を煉《ね》る事を記した書。○**瞪目**　瞪は直視すなわち見つめること。

(五)　諸賓且方坐、旭日臨東城。荷葉裹江魚、白甌貯香秔。
(六)　微禄心不屑、放神於八紘。時人不識者、即是安期生。

(五)　諸賓　且《まさ》に方《まさ》に坐せんとす
旭　日《ひび》に東城に臨《のぞ》み、
荷葉　江魚を裹《つつ》み
白甌《はくおう》　香秔《こうこう》を貯う。
(六)　微禄　心に屑《いさぎよ》しとせ不《ず》
神を八紘《こう》於《に》放《はな》つ。
時人の識ら不《ざ》る者《は》
即ち是れ安期生。

(五)　諸方の賓客が訪《おとず》れるであろう用意に

張旭は日日に東城に出かけて、
蓮の葉に川魚を包み
白い丼《どんぶり》に米を入れて買って来る。
（六）安月給などに執着する心はない
精神を宇宙の涯《はて》に向けている。
今の世の人が彼を識《し》らないのは
彼が仙人だからである。

○**且方坐**　未詳。且方は「将《まさ》に方《まさ》に」ではないかと思う。諸賓が彼の家を訪れて、将に今坐せんとするであろう、という意か。○**旭**　張旭《ちょうきょく》を指す。○**秔**　俗に粳の字を書く。ウルチゴメ。○**八紘**　九州の外に八殥《いん》あり、八殥の外に八紘《こう》があり、これでもって天地を絡《くる》んでいる、と考えられていた。殥は遠（とおし）である、紘は綱（つな）である。○**安期生**　秦の始皇の時、薬を売っていた仙人で、後に漢の武帝の時現われて、海上で瓜ほどの大きい棗を食っていたという。

同河南李少尹、畢員外宅夜飲。時洛陽告捷。遂作春酒歌。

河南の李少尹と同じく、畢員外の宅に夜飲す。時に洛陽は捷を告ぐ。遂に春酒の歌を作る。　高適

（一）故人美酒勝濁醪、故人清詞合風騷。長歌滿酌惟吾曹、高談正可揮麈毛。

（二）半酔忽然持蟹螯、洛陽告捷傾前後。武侯腰間印如斗、郎官無事時飲酒。杯中緑蟻吹転来、甕上飛花払還有。

（一）故人の美酒は濁醪《だくろう》に勝り
故人の清詞は風騒《こ》に合す。
長歌満酌するは惟れ吾が曹
高談正に麈毛《しゅもう》を揮《ふる》う可し。

（二）半酔忽然として蟹螯《かいごう》を持つ。
洛陽　捷を告げて前後を傾《くつがえ》す。
武侯は腰間　印　斗の如く
郎官は無事　時に酒を飲む。

杯中の緑蟻《りょくぎ》は吹けども転じ来り
甕上の飛花は払えども還《ま》た有り。

（一）故人《なじみ》（畢《ひつ》員外）の美酒は濁り酒に勝り
故人《なじみ》の詩篇は古法に叶う。
ながながと歌い　なみなみと酌むは吾等
高談して今こそ払塵《ほっす》を揮うべきだ。

（二）半ば酔うて蟹の螯《はさみ》を　つまんで気勢をあげた
それは洛陽戦勝の報が前後の形勢を一変したからだ。
武将は功に因《よ》って腰に斗の如き大印を佩び
員外は事務無くして時に酒を飲んでいる。
杯の中の浮蟻は吹けども　もどって来る
瓶の上の落花は払えども　また散りかかる。

◎作者高適《こうせき》は少壮時代放浪してあるいは博徒の群に入ったりして、詩も年五十にして初めて作ったという。老齢に及んでかつて封丘の尉に任じたが、やがて位を去って河西に客遊し、天宝十二年節度使哥舒翰《かじょかん》に見出されてその書記となった。十四年安禄山叛し、翌年哥舒翰が大命を帯びて潼関《どうかん》を守るや、高適は監察御史に任ぜられてこれに従う。これより往々武功を建てて次第に栄進し、代宗の時、散騎常侍（侍従政官）に至り、永泰元年（西紀七六五）卒す。○**河南李少尹**　河南《かなん》府尹《いん》の次官である。つまり洛陽の副知事である。李氏の名は未詳。○**畢員外**　員外は員外郎の簡称。定員外の官。畢氏の名は未詳。○**洛陽捷を告ぐ**　官軍が洛陽を奪回した戦勝の知らせ。史実は未考。○**風騒**　風は詩経の「国風」。騒は楚辞の「離騒」。古典として最も尊重すべき韻文。○**麈毛**　麈尾である。払麈（ホッス）である。魏晋間の清談の徒が問答する時、これを揮う風習があったので、後世そういった気持を現わすのにこの語を用いる。○**前後を傾す**　傾は覆《くつがえ》す、倒にする意。官軍の洛陽戦勝により従前と今後と形勢が顚倒したのである。○**武侯**　武将の意か。○**印は斗の如し**　斗は酒器。柄のある杯。「斗大金印」という成語もある。大なる武功を建てて、斗の如くなる金印を得ること。ここでは洛陽で戦勝した武将の功を言う。○**郎官**　郎中及び員外郎を謂う。ここでは詩の題に謂うところの畢員外を指す。○**緑蟻**　酒の一種類に浮蟻といって、水面に滓が蟻のように浮いているのがある。これはその緑色なのであろう。この浮蟻は李白の好物であったというから、蜀（今の四川省）の名物であったのかも知れない。

（三）　前年持節将楚兵、去年留司在東京、今年復拝二千石。盛夏五月西南行、彭門剣門蜀山裏。

（四）昨逢軍人劫奪我、到家但見妻与子。頼得飲君春酒数十杯、不然令我愁欲死。

（三）前年節を持して楚兵を将《ひき》い
去年留司して東京に在り
今年復《ま》た拝す二千石。
盛夏五月西南に行き
彭門　剣門　蜀山の裏《うち》。

（四）昨　軍人の我を劫奪するに逢い
家に到れば但だ妻与《と》子とを見る。
君が春酒数十杯を飲むを得るに頼る
然ら不《ず》んば我をして愁えて死んと欲せ令《しめ》ん。

（三）前年は節度使として淮南《わいなん》の兵を帥い
去年は太子小詹事《せんじ》で洛陽に留司した
今年はまた蜀州刺史に任じて二千石頂き
盛夏五月に西南の方に行き
彭門・剣門過ぎて蜀山の内にいた。

（四）先日叛軍の略奪に逢い
　家に辿り着けば但だ妻子を見るのみ、一物も無い。
　幸い君の御蔭で春酒数十杯にありついたが
　でなければ私は愁えて死んだかも知れない。

○節を持す　節度使となること。**○楚兵**　淮南の軍隊。粛宗の至徳二年、永王璘《りん》が江東に叛兵を起こすや、高適は淮南節度使に任ぜられて討伐に向ったが、途中まで行くと永王が敗北した。**○留司——東京**　ついで高適は宦者李輔国《りほこく》に忌まれ、讒言《ざんげん》に遭うて太子小詹事に左遷された。蓋しこの時東京すなわち洛陽に留守番役として駐在したのであろう。**○二千石**　漢の太守の俸禄である。唐の刺史がこれに相当する。ついで蜀すなわち今の四川省に乱があったので、高適は派遣されて蜀州の刺史と為り、やがて彭州に遷された。蓋《けだ》しこれをいうのである。**○彭門**　山の名。四川省彭《ほう》県の西北に在り、両峯対立して門の如くなっている。**○剣門**　山の名。四川省剣閣《けんかく》県の北に在り、連山絶険のところ。**○劫奪**　蜀州へ刺史として赴任した後、家族を残してあった所（洛陽附近か）へ帰って見たのであろう。すると叛乱軍の為に高適の留守宅は財宝を略奪されていたのである。◎この詩の歴史的背景はなお考証を要するが、今その暇がないので、このくらいにしておく。

酒泉太守席上酔後作　酒泉太守の席上、酔うて後作る　岑参

琵琶長笛曲相和、羌児胡雛斉唱歌。渾炙犂牛烹野駝、交河美酒帰叵羅。三更酔後軍中寝、無奈秦山帰夢何。

琵琶　長笛　曲相い和し
羌《きょう》児　胡雛　斉く唱歌す。
犂牛《りぎゅう》を渾炙し野駝を烹し
交河の美酒　帰《き》の叵羅《はら》。
三更酔後　軍中に寝《い》ぬ
秦山の帰夢を奈何ともする無し。

琵琶と長笛と合奏し
西のえびすの児と北のえびすの娘が斉唱する。
労牛を丸焼きとし野生の駱駝を烹て
交河の美酒を帰《き》の盃で酌む。

三更　酔うて後　軍中に寝れば
秦山のかなたへ帰る夢は何ともいたしかたがない。

◎作者岑参《しんじん》は天宝三年進士に及第して任官した。やがて北庭都護府（今の新疆《しんきょう》省廸化《てきか》県に在ったという）の幕中に在ったことがあり、その後安西節度判官に充てられて今の甘粛《かんしゅく》省の西境にいたことがあり、その西域における足跡は天山北路の鉄門関に及び、塞外の異状を詩に詠じて特色ある詩趣を現わしている。最後は大暦三年（西紀七六八）東西川副元帥杜鴻漸《とこうぜん》の幕僚を罷《や》めて隠退したが、卒年は未詳。○**酒泉**《しゅせん》　郡名。今の甘粛省酒泉県あたりである。○**羌児**　羌は西戎《せいじゅう》の種族の名。児は男の子。○**胡雛**　胡は北狄《ほくてき》の通称。雛は女の子。○**渾炙**　渾は全である。丸焼きのことらしい。○**交河**　郡の名。今の新疆省吐魯番《トルファン》県あたり。酒の名産地だったのであろう。○**叵羅**　酒杯。○**帰**　杯の生産地の名であろうが、未詳。○**三更**　夜の十二時。○**秦山**　陝西《せんせい》の山。都長安の方を指す。◎「唐詩選」に同じ題の詩を載せてあるが辞は全然異る。

喜韓樽相過　韓樽の訪問を喜ぶ　岑参

（一）三月灞陵春已老、故人相逢耐酔倒。甕頭春酒黄花脂、禄米只充沽酒資。長安城中足年少、独共韓侯開口笑。
（三）桃花点地紅斑斑、有酒留君且莫還。与君兄弟日攜手、世上虚名好是閑。

（一）三月　灞陵《はりよう》　春已に老いたり
故人相い逢う　酔倒するに耐えたり。
甕頭の春酒　黄花の脂
禄米　只だ充つ沽《こ》酒の資《あ》。
長安城中　年少に足る
独り韓侯と共に口を開いて笑う。
（三）桃花　地に点して紅斑斑たり
酒有り君を留む且《しばら》く還《かえ》る莫《なか》れ。
君与《と》兄弟たり日に手を攜《たずさ》う
世上の虚名　好《はなは》だ是れ閑なり。

（一）三月の灞陵《はりよう》は春も　もう終りだ
故人《なじみ》が出逢うたのだもの　酔い倒れずばなるまい。
瓶の中の春酒は黄花の脂《あぶら》のようだ

　俸禄の米はただ酒代に充てるばかり。
　長安の城中に青年は幾らもいるが
　独り韓君とのみ口を開いて笑うのだ。
（二）桃花は地に散らばって紅《べに》はまだら
　酒があるので君を留める、まあ還《かえ》りたまうな。
　君と兄弟分となり日日《ひび》に手に手を取って遊ぶ
　世上の虚名なんか本当に無用だ。

○灞陵　漢の文帝の陵。陝西《せんせい》省長安県の東に在る。唐詩に往々現われている。**○黄花脂**　酒色の黄いろい形容であろう。これを類推すべきは、白楽天の詩にいわゆる「黄醅酒」である。蓋《けだ》しその醅（モロミ）が黄色なのであろう。**○韓侯**　韓公というに同じ。なお某君というがごとし。**○閑**　無用ということ。

送元二使安西　元二が安西に使いするを送る　王維

渭城朝雨裛軽塵、客舎青青柳色新。勧君更尽一杯酒、西出陽関無故人。

渭城《きじょう》の朝雨　軽塵を裛《うるお》す
客舎　青青《せいせい》　柳色新たなり。
君に勧む更に尽せよ一杯の酒
西　陽関を出ずれば故人無からん。

渭城《きじょう》の朝の雨は軽い塵を湿おし
宿屋は青青《あおあお》と柳が芽を吹いている。
さあ君、もう一杯酒を飲みたまえ
西のかた陽関を出たら知り人はいないよ。

◎作者王維《おうい》は仏教信者で僧侶と同様に精進料理を食い、香を焚き茶を煮て静かに独坐する生活を好んだというから、酒を飲む詩は稀であるが、ただこの一首のみは「陽関三畳曲」といって、送別に酒を勧める曲として古来用いられたという。王維の官歴は尚書右丞に至り、粛宗の上元二年、六十一歳で卒した（西紀六九九〜七六一）。○**元二**　元は姓、二は排行。名は未詳。○**安西**　今の新疆《しんきょう》省吐魯番《トルファン》に当り、唐代は都護府の置かれた地。○**渭城**　長安の西北、渭水《いすい》の北に在り、秦の都咸陽《かんよう》の故地である。王維は元二を長安からここまで送って別れたのである。○

陽関　古の関の名。今の甘粛《かんしゆく》敦煌県の西南に在って、西域への通路に当っていた。◎この詩は「三体詩」に選ばれている。

清明日宴梅道士房　清明の日に梅道士の房に宴す　孟浩然

（一）林臥愁春尽、開軒覧物華。忽逢青鳥使、邀入赤松家。
（二）丹竈初開火、仙桃正落花。童顔若可駐、何惜酔流霞。

（一）林臥して春の尽くるを愁え
軒《けん》を開いて物華を覧る。
忽ち青鳥の使に逢い
邀《むか》えて赤松《せきしよう》の家に入る。
（二）丹竈《そう》　初めて火を開き
仙桃　正に花を落とす。
童顔　若し駐《とど》む可くんば
何ぞ流霞《りゆうか》に酔うを惜まん。

（一）森に隠居して春の尽きるを愁え
肘掛窓《ひじかけまど》を開いて草木を眺めていると、
たちまち青鳥が使に来て
迎えられて赤松子《せきしょうし》の家に入った。
（二）煉丹の竈に初めて火が　はいり
仙桃は　ちょうど花が散っている。
童顔がもし保てるものなら
なんで仙酒に酔うを惜しもうか。

◎作者孟浩然《もうこうねん》は好んで自然を詠ずる点において王維と並んで「王孟」と称せられ、また互に親交があった。王は官吏として相当高き位に登ったが、孟は十度も進士に応じたが及第せず、王維等が推薦したにも拘わらず仕官できなかったので、ついに郷里襄陽《じょうよう》の鹿門山に隠れた。開元二十八年（西紀七四〇）卒す、年五十二。彼は文酒の会を好んだので、宴飲の詩が少くない。
◎前章は道士の招待を叙し、後章は宴会の事である。○**清明日**　陽暦の四月五日もしくは六日に当る。唐朝はこの日百官に宴を賜うたというから、民間でも宴飲する風習があったのであろう。後世もこの風は行われている。○**軒**　縁側もしくは肘掛窓のようなところをいう。ノキではない。○**青鳥**　万物の菁華《せいか》。ここでは春の草木の葉や花を意味するのであろう。○**物華**「漢武故事」に女仙西王母《せいおうぼ》の使者として現われている。○**赤松**　古の仙人赤松子。ここでは梅道士をこれに喩えたのである。○**丹竈**　煉丹、すなわち仙薬を煉《ね》るに用いる竈。ここでは饗応の食品を烹《に》る竈を喩う。○**仙桃**　西王母のいるところに桃の樹があり、三千年に一度実が生る。実が生ると、すべて仙人が集まって慶寿した。これを蟠桃会というと伝えられている。この宴会をこれに比したのである。○**童顔**　仙薬により不老にして童児の顔色を保つこと。○**流霞**　仙人の酒。

寒夜張明府宅宴　寒夜に張明府の宅の宴　孟浩然

（一）瑞雪初盈尺、寒宵始半更。列筵邀酒伴、刻燭限詩成。
（二）香炭金炉煖、嬌絃玉指清。酔来方欲臥、不覚暁鶏鳴。

（一）瑞雪　初めて尺に盈《み》つ
　寒宵　始めて半更。
　筵を列《つら》ねて酒伴を邀《むか》え

燭に刻して詩の成るを限る。
（二）香炭　金炉　煖《あたた》かに
嬌絃　玉指　清し。
酔い来って方《まさ》に臥せんと欲し
覚え不《ず》　暁雞《ぎょうけい》　鳴く。

（一）芽出たい雪が初めて一尺積った
寒夜は半更になったばかり。
一席設けて酒友を迎え
蠟燭に目じるしを刻み時を限って詩を作る。
（二）炭火は金《かね》の炉に煖《あたた》かで
絃をかなでる美人の指は清い。
酔って来て、ちょうど臥ようとするところに
覚えず暁の雞が鳴いた。

◎前章は詩会、後章は宴会。○**明府**　県令の雅称。○**半更**　恐らく初更（戌の刻）と二更（亥の刻）の半ばであろう。即ち今の夜九時。○**燭に刻して**　蠟燭に適宜のところに筋を刻みつけ

て、そこまで燃えて来るので時間を計る。そしてその時限内に詩を作成するのである。○**嬌絃**　妓女の奏する絃楽。○**覚え不**　不知不覚（覚えず知らず）の意。知らぬまに夜明けになって鶏が鳴いた、というのである。

裴司士員司戸見尋　裴司士と員司戸と尋ねらる　　孟浩然

（一）府僚能枉駕、家醞復新開。落日池上酌、清風松下来。
（二）厨人具雞黍、稚子摘楊梅。誰道山公酔、猶能騎馬回。

（一）府僚能く駕を枉《ま》げ
家醞《かうん》復《ま》た新たに開く。
落日　池上に酌む
清風　松下に来る。
（二）厨人　雞黍《けいしょ》を具《そな》え
稚子　楊梅を摘む。
誰《い》か道う　山公酔うと

猶《な》お能《よ》く馬に騎りて回《かえ》る。

（一）府の官僚が御越し下された
家醞《かうん》の酒も口を開《あ》けたてである。
夕日を受けて池のほとりに酌めば
清風は松の下に吹いて来る。
（二）料理人は飯と菜《さい》とを具《そな》え
稚子《おさなご》は楊梅《やまもも》を　もいで来る。
山公が酔われたなどと誰が言うか
ちゃんと馬に騎って御帰りなされる。

○**司士・司戸**　府の官吏の職名。○**雞黍**　「論語」微子篇に、隠者が子路の為に「雞を殺し黍を為《つく》りて」食わしめたことが見えている。これが故事となって、人の為に食事を具えて、もてなすことを意味する。○**山公**　晋の山簡がかつて襄陽《じょうよう》の池に遊び、大酔して馬に乗って帰った故事に本づき、二人の府吏をこれに喩えたのである。孟浩然の往んだ所が襄陽だった為か、彼は好んで山公の故事を用いている。なお山公の事は前出の李白の「襄陽歌」を見よ。

春中喜王九相尋　仲春に王九が相い尋ぬるを喜ぶ　孟浩然

(一) 二月湖水清、家家春鳥鳴。林花掃更落、径草踏還生。
(二) 酒伴来相命、開尊共解醒。当杯已入手、歌妓莫停声。

(一) 二月　湖水　清し
家家　春鳥　鳴く。
林花　掃えども更に落つ
径草　踏めども還《ま》た生ず。
(二) 酒伴　来りて相命ず
尊を開いて共に酲《てい》を解く。
杯已に手に入るに当りて
歌妓　声を停《とど》むる莫《なか》れ。

(一) 二月は湖水が清く
どこの家でも春鳥が鳴いている。

林の花は掃いても掃いても落ちる
径《このみち》の草は踏んでも踏んでも生える。
（二）飲み友達が来て一杯出せと云うので
樽を開いて共に迎え酒を飲む。
杯がすでに手に在る間は
歌姫よ歌声を停めてはならぬ。

◎前章は叙景、後章は宴飲を叙している。○**春中**　春の中の月、すなわち二月である。○**醒を解く**　醒は宿酔すなわち二日酔いである。「醒を解く」とは二日酔いを治する為に迎え酒を飲むことである。晋の酒豪劉伶《りゅうれい》の言った有名な語に「天　劉伶を生み、酒を以て名を為さしむ。一飲一石、五斗　醒を解く」とある。孟浩然も愛酒家であるから、連日豪飲し、宿酔と解醒とを循環して繰返したことであろう。よってこの場合は単に「酒を飲む」というほどのことらしく受取れる。

張七及辛大見尋。南亭酔作

張七及び辛大に尋ねらる。南亭に酔うて作る　孟浩然

（一）山公能飲酒、居士好弾箏。世外交初得、林中契已幷。
（二）納涼風颯至、逃暑日将傾。便就南亭裏、余尊惜解酲。

（一）山公　能く酒を飲み
居士　好んで箏《そう》を弾く。
世外　交《こう》　初めて得《え》
林中　契《けい》　已に幷《あわ》す。
（二）納涼　風　颯として至り
逃暑　日　将に傾かんとす。
便《すなわ》ち南亭裏に就いて
余尊　解酲を惜む。

（一）山公は能く酒を飲み
居士は好んで箏《こと》を弾く。
浮世の外なる交《まじわ》りが初めて得られ
林の中の契《ちぎ》りはすでに結ばれた。

(二) 涼を納るれば風が颯《さっ》と吹いて来る
暑さを避くれば日は将に傾かんとする。
そこで南亭の中に往き
樽の余りも迎え酒にするを惜しんで、飲んでしまう。

◎前章は林中に飲むを言い、後章は席を南亭に移してさらに飲むを言う。○**張七・辛大** いずれも名は不明。七・大は排行で、七は七男、大は長男。親しき間柄は排行をもって呼ぶ。○**山公** 山簡の故事を用いたのである。○**居士** 仏教信者。○**箏** 秦の特産の絃楽器。十三絃で、日本のコトのようなものであったらしい。早く失伝して分らない。○**惜** 迎え酒として翌日まで残しておくことを惜しみ、今皆飲んでしまうというわけらしい。

飲中八仙歌　飲酒八仙人の歌　　杜甫

(一) 知章騎馬似乗船、眼花落井水底眠。

(一) 知章《ちしよう》が馬に騎《の》るは船に乗るに似たり

眼花《がんか》し　井《せい》に落ちて水底に眠る。

（二）賀《が》知章《ちしよう》が酔って馬に騎ると船に乗ったようで
　　眼が　かすんで　井戸に落ちても水底に眠るだろう。

◎作者杜甫《とほ》の生涯は不遇であり、その得意だったのは粛宗の至徳二年（四十六歳）左拾遺を授けられて宮省に出入した一年間のことで、翌年六月には地方官に出され、その翌年には官を棄てて甘粛《かんしゆく》から四川へと放浪し、さらに揚子江を下って湖南に出で、潭州・岳州の舟中で死んだ。大暦五年、五十九歳（西紀七一二〜七七〇）であった。彼も酒を嗜んだようであるが、詩に現わるるところは、どうも貧乏くさい飲みぶりであり、でなければ貴顕の宴に陪従し、「残杯冷炙」を嘗《な》めて作ったものが多く、酒の真味は出ていない。○**八仙**　近世民間の俗説に鍾離権《しようりけん》・呂洞賓《りよどうひん》など八人を八仙と数える風が行われており、元代以後顕著であるが、唐代すでに行われたとも言われている。果してしからば杜甫が八仙を挙げたのもあるいは俗説に本づくところがあったであろう。○**知章**　前に出した李白の「対酒憶賀監」詩の賀知章のことである。その註を見よ。○**眼花す**　花とは眼のカスムこと。この語は現今も通用している。俗語の知識の足らなかった江戸時代の漢学者が、「眼花」を熟語として名詞に読んでいるのは誤である（唐詩選・古文真宝の訓点）。梁の簡文帝の箏賦に「耳熱眼花之娯」といって、「耳は熱し」と「眼は花す」とを対してあるのは、この用語の適例である。○**井に落つ**　仮設の詞である。酔っぱらって眼がカスミ、もし井に落ちても、知らずに水底に眠るであろう、とその酔態を想像したのである。杜詩の註に諸説が載せられているが、穿鑿《せんさく》に失する。

（一）汝陽三斗始朝天、道逢麴車口流涎。恨不移封向酒泉。

（二）汝陽《じょよう》　三斗　始めて天に朝す
道に麴車に逢うて口　涎を流す。
恨む　封を移して酒泉《しゅせん》に向わ不《ざ》るを。

（三）汝陽《じょよう》王は三斗飲んでから始めて天子の前に出る
その途中で麴車に逢うと口に涎を流す。
領地を移して酒泉《しゅせん》にやられざりしを恨んだであろう。

○**汝陽**　汝陽王璡《しん》のこと。玄宗の兄李《り》憲《けん》の子で、玄宗に愛せられた。○**三斗**　かつて玄宗の前で酔うて殿を下ることが出来ず、曰く「臣は三斗の壮胆を以て、覚えず此に至る」と。一斗は我国の約三升と考えてよかろう。○**酒泉**　郡名。漢の武帝の時始めて郡を置かれた。伝説に云う、その城下に金泉があり、泉の味が酒の如くであったと。今の甘粛省《かんしゆく》酒泉県に当る。○**封を移す**　漢の郭弘《かくこう》は飲酒を好み、かつて天子の問に対えて「もし酒泉郡に封ぜられたならば、望外の幸であります」といったが、果してその言の如く封を移されたという。この故事を引いて汝陽王に比したのである。

（三）左相日興費万銭、飲如長鯨吸百川、銜盃楽聖称避賢。

（三）左相　日興　万銭を費やす
　　飲むことは長鯨の百川を吸うが如し
　　盃を銜《ふく》み聖を楽み賢を避くと称す。

（三）左丞相は毎日の遊興に万銭を費やす
　　酒を飲むことは大鯨が百川を吸うが如く
　　盃を　ふくんで聖を楽しみ、賢を避けると称す。

○**左相**　左丞相李適之《りせきし》のこと。賓客を喜び、飲酒一斗余りに至っても乱れなかったという。李林甫《りんぽ》と権を争い、敗れて自殺した。○**日興**　日日の遊興。○**聖・賢**　魏の曹操が禁酒令を出した時、人々は清酒を聖と呼び、濁酒を賢と称して、ひそかにこれを飲んだという。だがここではもっと切実な意味がある。それは李適之が李林甫に中傷されて天宝五年に左相を罷《や》めた時作った詩に「賢を避けて初めて相を罷め、聖を楽しんで且《しばら》く盃を銜まん」という句があったのを用いたのである。

(四) 宗之瀟灑美少年、挙觴白眼望青天、皎如玉樹臨風前。

(四) 宗之《そうし》は瀟灑《しょうしゃ》たる美少年
觴《しょう》を挙げ白眼　青天を望む
皎として玉樹の風前に臨むが如し。

(四) 崔宗之《さいそうし》は　さっぱりとした美青年
盃を挙げて白眼で青天を望めば
色白で玉樹が風に吹かれているようである。

○**宗之**　崔宗之、宰相崔日用の子で斉国公を襲封して侍御史となる。李白・杜甫と詩を唱和した。○**瀟灑**　さっぱりとして俗気のないこと。○**白眼**　気位高く、傲然《ごうぜん》と構えている有様。○

皎　潔白なること。○**玉樹**　容姿の美を喩えたのである。

（五）蘇晋長斎繍仏前、酔中往往愛逃禅。

（五）蘇晋《そしん》　長斎す繍仏《しゅうぶつ》の前
　　酔中　往往　逃禅を愛す。

（五）蘇晋《そしん》は仏像の前で長期の精進をしている
　　酒に酔うと　大抵いつでも坐禅を好んだ。

○**蘇晋**　進士に及第し、玄宗の先天年間中書舎人となり、太子左庶子に至った。○**長斎**　斎とは精進すること。生臭物は食わぬこと。長斎とはその日一日だけの精進でなく、長期の精進するのであろう。○**繍仏**　刺繍で造った仏像。○**逃禅**　逃げ出して坐禅すること。

（六）李白一斗詩百篇。長安市上酒家眠、天子呼来不上船、自称臣是酒中仙。

（六）李白　一斗　詩百篇。

長安　市上　酒家に眠むる
天子　呼び来れども船に上《のぼ》ら不《ず》
自ら称す臣は是れ酒中の仙。

（六）李白は一斗飲む中に百篇の詩を作った。
ある時　長安の市中の酒店で酔うて眠っていると
天子の御召しがあったが船に上《のぼ》れないで
自ら称す、臣は酒の中の仙人でござりますると。

◎これは李白が天宝元年（四十二歳）から三年まで、翰林供奉《かんりんぐぶ》として宮廷に出入して、玄宗に寵せられた得意時代を詠じたのである。○**天子呼び来る**　唐の范伝正《はんでんせい》の作った李白の墓碑にいう、玄宗が白蓮池に船を泛べて遊んだ時、李白を召して文章を作らせようとしたが、白は酒を飲んで砕っていたので、高力士に命じて扶けて船に登らせたと。

（七）張旭三盃草聖伝。脱帽露頂王公前、揮毫落紙如雲煙。

（七）張旭《ちょうきょく》　三盃　草聖伝う。

帽を脱して頂《いただき》を露《あらわ》す王公の前
毫《ごう》を揮《ふる》うて紙に落とせば雲煙の如し。

（七）張旭《ちょうきょく》は三盃にして筆を執り、草書の聖者と伝えられる。
王公の前でも帽子を脱《ぬ》ぎ頭《かしら》を露出し
筆を揮うて紙に落とせば雲煙の如くである。

○**張旭**　前に出した李頎《りき》の「贈張旭」詩に詳しい。その詩を見よ。○**草聖**　後漢の張芝《ちょうし》は最も草書を善くし、魏の韋仲将《いちゅうしょう》はこれを推称して草聖といった。ここには張旭を以てこれに比したのである。

（八）焦遂五斗方卓然、高談雄弁驚四筵。

（八）焦遂《しょうすい》　五斗　方に卓然
高談　雄弁　四筵を驚かす。

（八）焦遂《しょうすい》は五斗飲むと、しゃんとして吃《どもり》がなおり声高に談じ雄弁で四方の坐客を驚かす。

○**焦遂**　事蹟詳らかならず。杜甫の註に「唐史拾遺」を引いて謂う、焦遂は口吃（どもり）で客に対して一言も出せないが、酔後は雄弁になるので、当時これを目して「酒吃」といったと。○**卓然**　しゃんとして直立する貌。○**四筵**　四方の席に坐った客。◎この篇は「古文真宝」及び「唐詩選」に選ばれている。◎以下杜甫の詩の本文は影宋本「杜工部草堂詩箋」に拠った。

夏日李公見訪　李時為太子家令

夏日李公に訪わる（自註）李は時に太子家令たり　杜甫

（一）遠林暑気薄、公子過我遊。貧居類村塢、僻近城南楼。
（二）傍舎頗淳朴、所願亦易求。隔屋喚西家、借問有酒不。牆頭過濁醪、展席俯長流。

（一）遠林　暑気　薄し
公子　我に過《よ》ぎって遊ぶ。
貧居　村塢《お》に類す

僻して城南の楼に近し。
（二）傍舎　頗《すこぶ》る淳朴《じゅんぼく》
願う所　亦《また》求め易し。
屋を隔てて西家を喚《よ》ぶ
借問《しゃもん》す酒有りや不《いな》や。
牆頭　濁醪《だくろう》を過《か》す
席を展《の》べて長流に俯す。

（一）街から遠い森は暑気が薄いので
公子が私の所に遊びに御越しになった。
我が貧居は　まるで村落のようで
城南の門楼に近い場末である。
（二）隣《となり》近所は頗る人情に厚く
願うものも求め易い。
屋《いえ》を隔てて西の家を喚ぶ
もしもし酒はありませんかと。
牆《かきね》ごしに濁り酒を渡してくれたので

そこで席《むしろ》を小川のほとりに敷く。

○**李公**　太子家令李炎《りえん》のこととする説がある。李炎は宗室蔡王房の子で、貴公子である。○**村塢**　村落である。○**城南の楼**　長安の城南である。楼は城門上の楼である。城外への通路に近い場《ば》末《すえ》である。◎天宝十三年、杜甫は家族を洛陽から長安に移して城南に居住し、やがて妻子を奉先におらせた。これは多分この頃の作であろう。

(三)清風左右至、客意已驚秋。巣多衆鳥喧、葉密鳴蟬稠。苦遭此物聒、孰謂吾廬幽。

(四)水花晩色静、庶足充淹留。預恐樽中尽、更起為君謀。

(三)清風　左右より至る

客意　已に秋に驚く。

巣　多くして衆鳥喧《かまびす》しく

葉　密にして鳴蟬《めいせん》稠《おお》し。

苦しむ　此の物の聒《かまびす》しきに遭う

孰《なん》ぞ謂わん吾が廬　幽なりと。

(四)水花　晩色　静なり

庶《こいねが》わくは淹留《えんりゅう》に充つるに足らん。
預め恐る　樽中の尽るを
更に起《た》って君が為めに謀る。

(三)清風が左右から吹いて来て
お客様が　もう秋かと驚くほど涼しい。
巣が多くて鳥が喧《やかま》しく　さえずり
葉が繁って蟬が多く鳴く。
これらの物が　やかましいのに閉口する
どうして吾が廬《いおり》が静かと申されよう。

(四)蓮の花の夕暮の色は静かで
多分御《ご》緩《ゆる》りと眺めて頂けるとは思えども、
樽の中の尽きることが心配なので
更に起《た》って君の為めに工面する。

○**水花**　蓮の花のこと。○**淹留**　久しく留ること。◎この詩は「古文真宝」に選んである。

曲江　曲江のほとりにて　杜甫

(一)朝回日日典春衣、毎日江頭尽酔帰。酒債尋常行処有、人生七十古来稀。
(二)穿花蛺蝶深深見、点水蜻蜓款款飛。伝語風光共流転、暫時相賞莫相違。

(一)朝回　日日　春衣を典し
毎日　江頭　酔を尽して帰る。
酒債　尋常　行処に有り
人生　七十　古来　稀なり。
(二)花を穿つ　蛺蝶《きようちよう》　深深として見え
水に点する蜻蜓《とんぼ》　款款《かんかん》として飛ぶ。
伝語す　風光　共に流転するも
暫時　相い賞して相い違う莫らん。

(一)朝廷から回《かえ》れば日々春衣《はるぎ》を質に入れて
毎日曲江のほとりで十分酔うて家に帰る。

酒代の借りは日常　到る処にあるが
ままよ、人の一生　七十は昔から稀なのだ。
（二）花の間に入込んだ蝶々が　奥深く見えており
水に尾をちょいちょいと付けては蜻蜓《とんぼ》が　ゆるゆる飛んでいる。
いざ言伝《ことづて》せん風景よ、汝も我も移り行く定めなれど
今暫らくは賞《め》であいつつ違背しないことにしよう。

◎これは杜甫が左拾遺に任じて長安に在り、宮廷に出仕した最も得意な時代の作である。したがってそれは乾元元年（四十七歳）の春の作であろう。◎前章は飲酒の快楽を叙す。後章は春景の欣賞を叙す。○**曲江**　長安の東南の郊外の都人遊賞の地であったが、安禄山の乱で荒された時であったわけである。○**春衣を典《いかん》し――酒債行処有り**　古詩に「典尽春衣無可奈、尋常行処欠人銭」（春衣を典尽して奈ともす可き無し、尋常行処に人の銭を欠ぐ）とあるに本づく。○**水に点す**　水に産卵するためであろう。○**相い賞して――**　主意は作者自身春光を賞翫《しょうがん》するのであるが、春光も我に違背しないでほしい、というのである。

贈衛八処士　衛八処士に贈る　杜甫

（一）人生不相見、動如参与商。今夕復何夕、共此燈燭光。

（二）少壮能幾時、鬢髪各已蒼。訪旧半為鬼、驚呼熱中腸。焉知二十載、重上君子堂。

（一）人生　相い見不《ざ》る
動《やや》もすれば参《しん》と商与《と》の如し。
今夕　復《ま》た何の夕《ゆうべ》ぞ
此《こ》の燈燭の光を共にす。

（二）少壮　能《よ》く幾時《いくとき》ぞ
鬢髪　各々已に蒼たり。
旧を訪えば半《なかば》は鬼と為る
驚呼して中腸を熱す。
焉《いずく》んぞ知らん二十載
重ねて君子の堂に上《のぼ》らんとは。

（一）人の生涯は互いに逢わざること
ともすれば参星と商星の如くである。
今夕は何たる幸いな夕《ゆう》べぞ
此《こ》の燈燭の光を共にするとは。
（二）少壮時代は幾何《いくばく》もない
お互いに髪《かみげ》は　もう半白《ごましお》になった。
旧知を訪問すれば半分は　あの世の人
あっと驚き、腸中《はらわた》は煮えかえる。
思いきや二十年にして
重ねて貴君の座敷に上《あが》ろうとは。

◎「草堂詩箋」の編次を按ずるに、杜甫は乾元元年六月出でて華州の司功となり、冬末に事を以て洛陽に住ったので、多分その翌春華州へ帰る途中にこの旧友の家に一宿したのであろう。○**衛八**　旧註にいう、「唐史拾遺」によれば杜甫は李白・高適《こうせき》・衛賓と親交した。時に賓は年が最も少かったので小友と号したという。今この詩に「昔別る君未だ婚せず」というに拠れば、この詩は衛賓に贈ったものらしいと。「八」は排行である。○**処士**　官に就かざる人。○**参と商**　星の名。参星は西方に居り、商星は東方に居り、相い背いて出で、永久に出合わない。故に永久に相遇わざることに喩える。○**今夕**――「詩経」唐風、綢繆篇に「今夕何夕、見此良人」とあり、結婚の良き夕べを言ったのを借りたので、やはり喜ばしい気持があろう。○**驚呼**　驚いてアッと声を出すこと。清の銭謙益《せんけんえき》の杜詩の註によれば、ある人が内閣で見た杜甫の親書には「嗚呼熱中腸」となっていたという。

(三) 昔別君未婚、児女忽成行。怡然敬父執、問我来何方。
(四) 問答乃未已、駆児羅酒漿。夜雨剪春韮、新炊間黄粱。
(五) 主称会面難、一挙蒙十觴。十觴亦不酔、感子故意長。明日隔山岳、世事両茫茫。

(三) 昔別る　君未だ婚せず
児女　忽ち行を成す。
怡然《いぜん》として父の執を敬し
我に問う何《いず》れの方より来ると。
(四) 問答乃ち未だ已《や》まず
児を駆《か》りて酒漿《しゅしょう》を羅《つら》ぬ。
夜雨　春韮《しゅんきゅう》を剪り
新炊　黄粱《こうりょう》を間《まじ》う。

(五) 主は称す会面の難きを
一挙　十觴《しょう》を蒙る。
十觴も亦《また》酔わ不《ず》
子が故意の長きに感ず。
明日　山岳を隔てなば
世事両《ふたつ》ながら茫茫。

(三) 昔別れた時、君は未だ結婚していなかった
しかるに今は児《むすこ》や女《むすめ》が並ぶほどいる。
楽しげに父の親友を敬《うやま》い
我に問う、おじ様は何方《どちら》から来《いら》したかと。

(四) 問答がまだ終らぬうちに
子供を使って酒　飲物を列べ、
夜の雨に春の韭《にら》を剪《き》り
炊《た》きたての飯には黄粱《こうりよう》をまじえてある。

(五) 吾々が面《かお》を会《あわ》すことは難《むつか》しいから、と主人に勧められ
一気に十盃を頂戴した。

十盃飲んでも酔わない
君の友情の長く変らぬのが嬉しい。
明日去って山岳を隔てたならば
世の中の事は　お互いに如何なることやら。

○**怡然**　悦楽の貌。○**執**　執友、すなわち志同じき友である。○**漿**　薄き粥を、やや酸敗させた飲物。○**黄粱**　粱は粟の粒大なる品種。これはその黄色なるもの。○**蒙**　累（カサヌ）の字に作った本が多い。草堂詩箋本は「是に非ず」とこれを斥けている。「蒙」は頂戴する意。「累」よりは意味が丁重であろう。○**故意**　故旧の情。○**両**　客と主人と。○**茫茫**　ぼんやりとして、互いに消息が知れなくなる。◎この篇は「古文真宝」に選ばれている。

湖中対酒作　湖中 酒に対うて作る　張謂

(一) 夜坐不厭湖上月、昼行不厭湖上山。眼前一樽又長満、心中万事如等閑。
(二) 主人有黍万余石、濁醪数斗応不惜。即今相対不尽歓、別後相思復何益。
(三) 茱萸湾頭帰路賒、願君且宿黄公家。風光若此人不酔、参差孤負東園花。

（一）夜坐　厭わ不《ず》　湖上の月
昼行　厭わ不《ず》　湖上の山。
眼前の一樽又長《とこしな》えに満つ
心中　万事　等閑の如し。

（二）主人　黍《しょ》有り万余石《せき》
濁醪《ろう》　数斗　応に惜ま不《ざ》るべし。
即今　相対して歓を尽さ不《ず》んば
別後　相い思うも復た何ぞ益せん。

（三）茱萸《しゅゆ》湾頭　帰路賒《はるか》なり
願わくは君　且《しばら》く宿せよ黄公の家。
風光　此《かく》の若くにして人　酔は不《ず》んば
参差《しんし》として孤負せん東園の花。

（一）夜は坐《すわ》って湖上の月を眺め厭《あ》かず
昼は行《ある》いて湖上の山に遊び厭《あ》かず。
眼の前の樽はまた常に満ちており

心の中は何事も思うことなきが如くである。
（二）主人の家には万余石《こく》の黍《きび》があり
濁り酒の数斗ぐらいは惜しまないであろう。
現今相い対《むか》って歓《たのし》みを尽さなければ
別れて後、相い思うても何の益《やく》にもたたぬ。
（三）茱萸《しゅゆ》湾のほとりまで帰路は遥かに遠い
願わくは君よ、まあ黄公の家に宿りたまえ。
風景は此《かく》の如く好いのに人が酔わなければ
ちぐはぐで折角の東園の花に背《そむ》くではないか。

◎作者張謂《ちょうい》は天宝二年の進士で、大暦年間礼部侍郎と為り、七年八年九年（西紀七七二―）貢挙を掌《つかさ》どったというから、杜甫とほぼ同時代の人である。◎この詩は作られた時の環境が明らかでないので、第二章と第三章との間に筋の通りにくい点がある。「唐詩選」に選ばれているので、先儒の説もあるが、どうも腑に落ちない。鄙見では作者が薄遊して主人の家に客となっており、而して同家に共に客となっている友があり、その人が郷里揚州に帰らんと欲するので、これを慰留せんとする詩ではないかと思う。○**等閑**　ナオザリと訓ず。気に留めないこと。○**黍**　キビと訓ずるが、日本のキビとも違うらしい。酒を醸造する原料となるという。○**茱萸湾**

揚州に在る。○**黄公**　晋の王戎が嵇康《けいこう》・阮籍《げんせき》と黄公の酒壚（バー）で飲んだという故事（世説、傷逝篇）であるが、食客がこれを主人の家に比するは不敬である。どうも分らない。○**参差**　不斉《ふそろ》いなること。○**孤負**　好意にそむくこと。

石魚湖上作　石魚湖のほとりにて作る　元結

（序）漶泉南上、有独石、在水中。状如遊魚。魚凹処、修之可以貯酒。水涯四匝、多攲石相連。石上堪人坐。水能浮小舫載酒。又能繞石魚洄流。乃命湖曰石魚湖。鐫銘於湖上、顕示来者。又作詩以歌之。

（序）漶泉《けいせん》の南上に、独石有りて、水中に在り。状は遊魚の如し。魚の凹処、之を修めて以て酒を貯《たくわ》う可し。水涯の四匝《そう》は、攲石《きせき》多くして相い連なる。石上は人の坐するに堪う。水は能《よ》く小舫《ぼう》を浮かべて酒を載す。又能く石魚を繞《めぐ》りて洄《かい》流す。乃ち湖に命じて石魚湖と曰う。銘を湖上於鐫《にほ》りて、来者に顕示す。又詩を作りて以て之を歌う。

（序）瀼泉《けいせん》の南のほとりに、独立した石があって、水中に在る。形状は游泳する魚の如くであり、魚の凹《くぼ》んだところに手を加えて酒を貯えられるようにした。水涯《みずぎわ》の四方の周囲は傾側した石が多くして、互に連続している。石魚の上には人が坐《すわ》られる。水には小舟を浮かべて酒を載せられるし、また石魚を繞《めぐ》って水が流れている。そこで湖に名づけて石魚湖という。銘を湖のほとりの石に鏽《ほ》って後世の人に顕示し、また詩を作ってこれを歌ったのである。

◎作者元結《げんけつ》は天宝十二年進士に及第して官途に就き、昇進して広徳元年、道州の刺史（長官）に任じて数年在職したのが、最も得意の時代であったらしい。その後経略使に進み、やがて京師に還って卒した。大暦七年（西紀七七二）五十歳であった。○**石魚湖**　道州に在るという。元結が道州刺史時代に見出したのである。近年の「中華名勝古蹟大観」にも載せてある。道州は今の湖南省の南境、瀟水《しょうすい》に沿うた道県である。○**瀼泉**　道州の東門外に七つの泉があり、元結が「七泉銘」を作っているが、瀼泉はその一つである。而して元結はこのところに瀼泉亭を建てて、その詩を作っている。○**賶**《きょ》　貯《たくわ》えること。○**帀**《そう》　周《めぐ》る。○**攲**《き》　傾側の意。かたぶく。○**洄**《かい》　水の流れる貌。

（一）吾愛石魚湖、石魚在湖裏。魚背有酒樽、繞魚是湖水。

（二）児童作小舫、載酒勝一杯。座中令酒舫、空去復満来。
（三）湖岸多攲石、石下流寒泉。酔中一盥漱、快意無比焉。
（四）金玉吾不須、軒冕吾不愛。且欲坐湖畔、石魚長相対。

（一）吾は愛す　石魚湖
石魚　湖裏に在り。
魚背　酒樽有り
魚を繞《めぐ》るは是れ湖水。
（二）児童　小舫を作り
酒を載す　一杯に勝《た》う。
座中　酒舫を令《し》て
空去し復《ま》た満来せしむ。
（三）湖岸　攲石《きせき》多く
石下　寒泉を流す。
酔中一《ひと》たび盥漱《かんそう》すれば
快意　無比焉《なり》。
（四）金玉　吾　須《もち》い不《ず》

軒冕《べん》　吾　愛せ不《ず》。
且《しばら》く欲す　湖畔に坐して
石魚　長く相い対せんことを。

(一) 私は石魚湖を愛する。
石魚は湖の中に在り
魚の背に酒樽《さかだる》があり
魚を繞《めぐ》るは湖水である。

(二) 児童が小舫《こぶね》を作り
一杯の酒を載せるに堪える。
座中に小舫《こぶね》を往復させ
空《から》で返すと、また満たして来る。

(三) 湖岸には傾いた石が多く
石魚の下には冷たい泉が流れる。
酔中一たび面《かお》を洗い口を漱《そそ》ぐならば
気持の良いことこの上無し。

(四) 金も玉《ぎょく》も私は要《い》らない

馬車も礼冠も私は好まない。
まあ湖のほとりに坐って
石魚と何時《いつ》までも向い合っていたい。

○空去し復た満来せしむ　石魚の背の酒樽から酌んだ杯を、小舟に載せて客の前に送り、客が飲んで空になると舟に載せて石魚の方に還し、また酒を満たして送り来らしめる仕組みである。○軒冕　軒は大夫以上の乗車、冕はその礼冠。顕官を意味する。◎元結はこの詩の外に「石魚湖上酔歌」「宴湖上亭作」「夜宴石魚湖作」の長篇を作っている。余程この所で飲むを好んだらしい。

窊樽詩　天然石の樽の詩　　元結

（一）巉巉小山石、数峰対窊亭。窊石堪為樽、状類不可名。巡廻数尺間、如見小蓬瀛。
（二）樽中酒初漲、始有島嶼生。豈無日観峰、直下臨滄溟。
（三）愛之不覚酔、酔臥還自醒。醒酔在樽畔、始為吾性情。

（一）巉巉《ざんざん》たる小山石
数峰　窊亭《あてい》に対す。
窊石《あせき》　樽と為すに堪え
状類は名づく可から不《ず》。
巡廻　数尺の間
小蓬瀛《ほうえい》を見るが如し。
（二）樽中　酒初めて漲《みなぎ》り
始めて島嶼《とうしょ》の生ずる有り。
豈《あ》に無からんや　日観峰
直下　滄溟《そうめい》に臨む。
（三）之を愛して覚え不《ず》　酔い
酔臥して還《また》　自《おのず》から醒む。
醒酔　樽畔に在り
始めて吾が性情と為る。
（一）けわしい小さな石山《いしやま》の
数峰が窊亭《あてい》に対している。

窊《くぼ》んだ石は酒樽《さかだる》に使用できる
形状は何とも名付けようがなく、
巡廻《まわり》　数尺の間に
小さな蓬萊・瀛洲《えいしゅう》を見るようだ。

（二）樽の中に酒が初めて漲ると
始めて大島小島が生《でき》て来る。
そこで無くてならぬは日観峰の
直下《ました》は滄海に臨む姿だ。

（三）これを愛して覚えず　いつしか酔い
酔うて臥《ね》てまたおのずと醒める。
醒めたり酔うたり樽の側《そば》に居り
始めて吾が性情となってしまった。

○窊樽《あそん》　「中華名勝古蹟大観」湖南編によると、窊樽石は道州県の東、浯渓の崖石上に在り、唐の元結が刺史たりし時に鑿《うが》ったものであると。而して元結《げんけつ》の銘があり、その序に云う「道州の城東に左湖有り。湖の東二十歩に小石山有り。山嶺に窊《あ》石有り、以て樽と為す可し。乃ち亭を樽の上に作る」と。窊《あ》は窪《あ》に同じ。凹である。くぼみ。石が凹んで自然に樽のようになっていたのであろう。○**巉巉**　高く峻《けわ》しき貌。○**窊亭**　前に引いた元結の銘にいうところの亭である。○**巡廻**　窊樽の周囲。○**蓬瀛**　蓬萊と瀛洲。渤海の中に在ると称せられる仙山。○**島嶼**　大きいのが島、小さいのが嶼。○**日観峰**　山東の泰山の頂上で、日の出を観る峰。○**滄溟**　海の広々とした形容。また海のこと。窊石の形状を山と海とに喩えたのである。

(四)　若以形勝論、坐隅臨郡城。平湖近階砌、遠山復青青。

(五)　異木幾十株、枝条冒簷楹。盤根満石上、皆作龍蛇形。

(六)　酒堂貯醸器、戸牖皆罌缾。此樽可常満、誰是陶淵明。

(四)　若し形勝を以て論ずれば
　坐隅は郡城に臨む。
　平湖は階砌《かいせい》に近く
　遠山復《ま》た青青たり。

(五)　異木　幾十株
　枝条　簷楹《えんえい》を冒《おか》す。
　盤根　石上に満ち
　皆　龍蛇の形を作す。

（六）酒堂に醸器を貯え
戸牖《こゆう》　皆　罌缾《くへい》。
此の樽　常満す可んば
誰か是れ陶淵明。

（四）もし形勝を説くならば
坐席の隅は郡城に臨み、
平湖は階段に近く
向うに遠山が青青《あおあお》している。
（五）異《かわ》った樹木が幾十株《かぶ》
枝は軒端《のきば》や柱まで　せまっており、
曲りくねった根が石の上に満ち
皆　龍蛇の形をしている。
（六）酒庫《さかぐら》に醸造器具を貯え
戸口《とぐち》も窓も酒瓶《さかがめ》が置かれてある。
この樽が常に満たされるならば
誰が陶淵明を　きめこむだろうか。

○**坐隅**　窊亭《あてい》の部屋の隅である。○**郡城**　道州を治める官庁の所在する都市。○**平湖**　前に引いた元結《げんけつ》の銘序にいうところの「左湖」である。○**階砌**　窊亭の上り段の石畳。○**条**　小枝。○**簷楹**　亭のノキと柱。○**盤根**　曲りくねった根。○**酒堂**　酒庫。○**戸牖**　酒堂の入口とマド。○**罌**　腹が大きく口の小さい瓶。○**缾**　瓶の字に同じ。○**誰か是れ陶淵明**　飲酒を愛することにおいて作者自ら陶淵明に比したのである。◎この外、道州に「五如石」という怪石があり、元結が銘を作っているが、その序によると、石に双《ふたつ》の目があり、一目を洞井と名づけ、一目を洞樽と名づけ、樽は酒が貯えられると。ここにも元結の飲慾を促したらしい天然石の樽があった。

酔吟低唱

白楽天詩鈔

白居易《はくきょい》、字《あざな》は楽天、酔吟《すいぎん》先生・香山居士《こうざんこじ》などと号して、太原《たいげん》（今の山西《さんせい》省太原県）の人であった。唐の代宗の大暦七年に生れ、武宗の会昌六年に卒した。年七十五。（西紀七七二〜八四六）徳宗の貞元十六年（二十九歳）進士に及第し、校書郎より漸《しばら》く進んで、憲宗の元和九年（四十三歳）太子左賛善大夫に至り、時の宰相に悪《にく》まれ、事を以て江州（今の江西省九江県）の司馬に貶《へん》せられた。在任四年にして忠州の刺史（長官）に転じ、尋《つ》いで召還せられて礼部主客郎中（局長）などの官に任じたが、京に在ること三年、穆宗《ぼくそう》の長慶二年（五十一歳）外任を求めて杭州の刺史となった。たまたま親友の元稹《げんしん》も中央から出されて越州の刺史となった。越州（今の浙江省紹興県）は杭州と近接しているので、互に詩を往来して楽しむうち、四年（五十三歳）任期が満ちて太子左庶子（東宮の官）に除せられて東都洛陽に分司した。文宗の太和元年（五十六歳）秘書監（図書寮長）に拝せられ、刑部侍郎（法務次官）に遷り、三年には太子賓客を以て東都に分司し、五年には河南府の尹（長官）に除せられた。開成元年（六十五歳）太子少傅に転じて東都に分司し、三年（六十七歳）自ら酔吟先生と号してその伝を作った。ついに武宗の会昌二年（七十一歳）刑部尚書（法務大臣）を以て官を退いた。すなわち香山の僧如満と浄社を結んで自ら香山居士と号し、優遊自適すること三年にして風流な生涯を卒《お》わった。香山は洛陽の郊外龍門山の東に在る。されば五十八歳で太子賓客に除せられて東都に分司して以来、晩年を洛陽で送ったわけである。

宋の賈黄中《かこうちゅう》の「賈氏談録」にいう、宣宗の大中の末年に、かつて諫官《かんかん》が上疏して白楽天の為に諡《おくりな》を賜らんことを請うたところ、帝は言う「酔吟先生の墓表でよいではないか」と、ついに諡を賜らなかった。また言う、白楽天は龍門山に葬られたが、河南府尹《ふいん》の盧貞が酔吟先生伝を石に刻して墓の側に立てた。今に至ってなお存しており、洛陽の士庶及び四方の遊覧者でその墓を過ぐるものは、必ず酒を注いで手向けるので、塚の前の一坪あまりの土は、常に泥濘に成っている。

酔吟先生伝　要旨節訳

酔吟先生は官吏生活三十年、まさに老いんとして洛陽に退居している。天性酒を嗜み琴に耽《ひた》り詩に淫《ひた》り、およそ酒徒琴侶詩客は多くこれと交遊し、また仏教に帰依して、嵩山《すうざん》の僧如満と空門の友と為り、平泉の客《ひと》韋楚と山水の友と為り、彭城の劉夢得《りゅうぼうとく》と詩友と為り、安定の皇甫朗之と酒友と為った。いつも逢うたびに、欣然《きんぜん》として帰るを忘れる。

洛陽城の内外、およそ道観仏寺や山荘の泉石花竹があるところには遊ばざるなく、人家の美酒鳴琴あるところをば訪問せざるなく、図書歌舞あるものを見ざるはない。往々輿に乗じて、杖を近郷に曳いたり、馬で都邑《まち》に遊んだり、輿《こし》で野外に行く。輿の中に琴一つ枕一つ、陶淵明と謝霊運《しゃれいうん》の詩集数巻を置き、輿の左右に一対の酒壺を懸け、水を尋ね山を望んで、気が向けば往き、琴を弾《ひ》き酒を酌んで、興が尽きれば返る。

かくの如きことおよそ十年、その間に日々作った詩が約千余首、年々醸《かも》した酒が約数百斛《こく》、しかしこの十年の前と後に作ったもの醸したものは、この中に数えてない。妻子や弟たちは多過ぎるとして、抗議するものもあったが取合わない。ついに子弟を引連れて酒房《のみや》に入り、醸甕《さかがめ》を環《めぐ》って箕踞《あぐら》をかいて、面《おもて》を上げて溜息をついて言う、吾天地の間に生れ、才能操行は遠く古人に及ばず、しかも黔婁《けんりょ》（古の斉の隠士で、貧甚しく、没した時蔽《おお》う衾も無かったという）よりも富み、顔淵《がんえん》（孔子の門人。若くて死ぬ）よりも長命であり、伯夷《はくい》（殷《いん》の義士。首陽山に入って餓死す）よりも食に恵まれており、栄啓期（孔子がこれに何の楽しみが有るかと問うたのに対して、吾楽しみ甚多し、人であること、男であること、九十歳であることの楽しみ有りと答えた）よりも楽しく、衛叔宝《しゅくほう》（晋代の人、名は玠《かい》。非常な美男子で、建業に転居するや、人がその名を聞いて観る者が垣を成したという）よりも健やかである。有難い有難い。外に何の求むる事があろうか。もし吾が好むところの酒を捨てるならば、何を以て老いさきを送ろうか、と。また数杯を引いて好い気持に酔うて来た。かくて酔うて復《ま》た醒め、醒めて復た吟じ、吟じては復た飲む、飲んでは復た酔い、酔うたり吟じたり、循《めぐ》れる環《たまき》の如くである。これより身世を夢とし、富貴を雲とし、天を幕とし地を席《むしろ》とし、一生百年を瞬時と見なすことが出来、陶々然として楽しみ、昏々然として眠り、老のまさに至らんとするを知らず、古のいわゆる「全きを酒に得る」（「荘子」達生篇の語。酔者は車より落ちても死なぬ、との比喩をいう）ものである。故に自ら酔吟先生と号する。時に開成三年、先生の齢は六十七、鬚《あごひげ》は尽《ことごと》く白く、髪《かみげ》は半ば禿《は》げて、歯は上下とも欠けた。而し詩酒の興はなお未だ衰えない。顧みて妻子に向って云う、今まで吾《わし》は調子が良かったが、これから先は如何《どう》なることか、自分には分らないよと。

この訳詩の底本には「四部叢刊」影印の我が元和年間那波道円校刊「白氏文集」を用いた。ただこの本には白楽天の自註を一切欠いでいるので、「全唐詩」を以てこれを補った。

效陶潜体詩　陶潜の体に効《なら》える詩

（序）余退居渭上、杜門不出。時属多雨、無以自娯。会家醞新熟。雨中独飲、往往酣酔、終日不醒。懶放之心、弥覚自得。故得於此、而有以忘於彼者。因詠陶淵明詩、適与意会。遂倣其体、成十六篇。酔中狂言、醒輙自哂。然知我者亦無隠焉。

（序）余は渭上《い》に退居し、門を杜《とざ》して出不《いでず》。時は多雨に属して、以て自ら娯《たのし》む無し。会《たまたま》家醞《うん》新たに熟す。雨中独り飲み、往往酣酔《かんすい》し、終日醒不《さめず》。懶放之《うんの》心、弥《いよいよ》自ら得るを覚ゆ。故に此於《これに》得て、而して以て彼於《かれに》忘るる者有り。因《よ》って陶淵明の詩を詠じ、適《たまたま》意与《と》会す。遂に其の体に倣《なら》うて、十六篇を成す。酔中の狂言、醒めては輙《すなわ》ち自ら哂《わら》う。然れども我を知る者も亦隠《またいた》む無からん（焉）。

（序）余は官を退いて渭水《いすい》のほとりに住み、門を閉じて外出しない。時は雨の多い季節に属して、どうも独りで楽しめる遊び事が無い。恰度《ちょうど》自家醸造の酒が熟して来たので、雨中に独り飲み、往々にして酔いしれて終日醒めないことがあり、懶惰放縦な心は、益々身に浸みて来るようである。故にこの懶《なま》けぐせが付いて、彼《あ》の修養の方は忘れがちになることがある。そこで陶淵明の詩を朗詠してみたところが、恰度我が心持とぴったりした。ついにその作風を真似て十六篇作った。もとより酔中の狂言で、醒めて見ると自分でも可笑しい。しかし我を知る人たちもこれを見て眉を顰《ひそ》めはしないであろう。

○**陶潜**　陶淵明である。○**渭上**　楽天は元和六年（四十歳）母を亡い、三年の喪に服するため官を退いて下邽《けい》（今の陝西省渭南県あたり）に住んだ。長安の東北で、渭水の南にあたる。○**彼**　その指すところは推定しかねるが、懶放と反対の行為であろう。◎原作十六篇の中、飲酒を詠ずるもの六篇を選ぶ。

（一）朝飲一盃酒、冥心合元化。兀然無所思、日高尚閑臥。
（二）暮読一巻書、会意如嘉話。欣然有所遇、夜深猶独坐。
（三）又得琴上趣、按絃有余暇。復多詩中狂、下筆不能罷。
（四）唯茲三四事、持用度昼夜。所以陰雨中、経旬不出舎。始悟独住人、心安時亦過。

（一）朝《あした》に飲む一盃の酒
冥心《めいしん》元化《げんか》に合す。

兀然《こつぜん》として思う所無く
日高くして尚お閑臥す。

(二) 暮に読む一巻の書
会意　嘉話の如し。
欣然《きんぜん》たり遇う所有れば
夜深くして猶《な》お独坐す。

(三) 又得たり琴上の趣
絃を按じて余暇有り。
復《ま》た多し詩中の狂
筆を下して罷《や》む能《あた》わず。

(四) 唯だ茲《この》三四の事
持用して昼夜を度《わた》る。
所以《ゆえに》陰雨の中
旬を経《へ》て舎を出で不《ず》。
始めて悟る　独住の人
心安らかにして時も亦《また》過るを。

（一）朝に一盃の酒を飲むと
目のくらむ酔い心は造化の元気と合致し、
ぽかんとして何も考えず
日が高く上《のぼ》ってもまだ閑《のんき》に臥ている。

（二）暮に一巻の書を読むと
気に入ったところは美談を読むようである。
貧士が知遇を得た話があると嬉しくて
夜が深《ふ》けても、まだ独り坐っている。

（三）また琴の趣味も持っているので
絃《いと》を按《おさ》えて弾じて暇をつぶす。
また詩に耽ることが多く
筆を下せば止められぬ。

（四）ただこの三つ四つの事柄
これで持って昼夜を過ごす。
だから陰気な雨の中で
十日余りも家を出ずにすむのだ。
始めて悟った、独り住む人は

心が安静だから時も過《た》つわけを。

○**朝に飲む** 楽天は早朝酒を飲むを好み、これを「卯酒」（卯の刻＝六時頃の酒）と称して、詩に多く詠じている。○**冥心** 冥は昏《くら》く奥深きこと。冥心とは酔うて目がくらみ気が遠くなること。○**元化** 李白の昼讃に「筆は元化を鼓し、形は自然を分つ」と対した用例から考えると、万物を創造し化育する根元的なる理法であろう。酔心地がこれと合すると誇張したのは、李白が「一斗自然に合す」（月下独酌）と誇張したのと同様である。○**兀然** 枯木の如く無知なる貌である。○**会意** 前の序文に「意と会す」というと同じである。陶淵明の五柳先生伝に「好んで書を読み、……会意有る毎《ごと》に、便《すなわ》ち欣然として食を忘る」とあるのを言い換えたものらしい。○**遇う所** 失意の者が運が向いて君主上長の知遇を得ること。楽天は母の喪で官を退いているので、多少心細かったのかも知れぬ。

其二

(一) 東家采桑婦、雨来苦愁悲。蔟蚕北堂前、雨冷不成糸。
(二) 西家荷鋤叟、雨来亦怨咨。種豆南山下、雨多落為萁。
(三) 而我独何幸、醞酒本無期。及此多雨日、正遇新熟時。
(四) 開瓶瀉罇中、玉液黄金巵。持翫已可悦、歓嘗有余滋。